# 記憶喪失アルファの最高な献身

榛名 悠

illustration:
みずかねりょう

prism bunko

# CONTENTS

# 記憶喪失アルファの最高な献身

# 1

〈超人気俳優、共演者とお泊まり愛!?〉

週刊誌の記事から顔を上げて、鈴原十和《すずはらとわ》は盛大な溜め息をついた。

何度見てもここに写っているのは自分だ。といっても、帽子と眼鏡、マスクを着用しているし、まだ駆け出しの十和を見てピンとくる人は少ないだろう。

対して、一緒に写っているのは今をときめく超人気俳優、森若蓮《もりわかれん》である。

こちらも同様、帽子にサングラス姿だが、醸し出すオーラがまったく違っていた。圧倒的芸能人オーラで、夜間の隠し撮り写真なのに、まるでレフ板が準備されていたかのようにキラキラと輝いて見える。これぞスター。不鮮明な写真からもその差は歴然だった。

問題の写真に撮られた森若は十和の肩を抱いていた。

顔と顔の距離も近く、一見とても親密そうな二人の仲睦まじいツーショット。ところが事実はまったく異なるのである。

この写真が撮られた当時、森若はかなり酔っ払っていた。十和は多忙の森若から珍しく飲みに誘われて、三ヶ月前の舞台共演以来の再会だった。

共演中、森若は新人の十和のことを何かと気にかけてくれた。面倒見のいい兄貴肌タイプなので、初めての大舞台で右も左もわからない十和は先輩の森若に随分と相談に乗ってもらったものだ。

久々に会って話も弾んだ。森若もプライベートなので気を抜いていたのだろう、グラスが空くペースが速かった。店を出る頃には、上機嫌の森若はすでに千鳥足だった。撮られたのはこの時だろう。普段はスキンシップの多い森若だが、当時の二人はふらつく森若を十和が支えていたという方が正しい。仲睦まじいというより、介抱の瞬間である。

同誌に掲載された写真はあと二枚あった。

一枚は、肩を組んで寄り添う二人が森若の住む高級マンションに入っていく様子を撮影したもの。これも単に十和が森若を部屋まで送り届けただけである。

もう一枚は、十和が翌朝マンションから一人で出てくる瞬間を捉えたもの。

部屋に入ってからは、森若に水を飲ませたり、トイレまで連れていったり、しばらく付ききりで介抱していた。ようやくベッドに寝かせたものの、十和もぐったりして、気づくとリビングのソファに突っ伏して眠ってしまったのである。慌てて早朝にマンションを出たが、そこを待ち伏せしていたカメラマンにキャッチされたのだった。

まさか一晩中張り込んでいるとは思わずびっくりしたものだ。週刊誌に撮られること自体、十和には初めての経験であり、紙面はこんなにもでたらめばかりで埋め尽くされるものなのかと、いろいろな意味で驚かされたのだった。

一般論として、相手が女性なら別だが、男同士でこのくらいのやりとりは特段珍しいものではないだろう。

だが森若の場合、前例があるのでこうやってメディアが騒ぎ立てるのだ。

森若は希少種アルファ。いわば生まれながらにエリート性を持つ選ばれた男である。

学生時代は超がつく進学校でトップの成績をキープしながら、類い稀な美貌を世間が放っておかず、モデルとしても活躍していた。高校卒業後、俳優デビューを果たすと、その圧倒的な存在感と演技力でその年の新人賞を総なめにし、天賦の才と称賛された。その後も活躍は目覚ましく、一気にスターの階段を駆け上がっていった。

そんな森若をめぐって、男女問わずアプローチが絶えないとは業界では有名な話だ。何ヶ月か前は、年上のイケメン俳優と噂になっていたし、美人女優とのデート現場も写真に撮られていた。

〈超人気アルファ俳優の次のお相手は駆け出しの新人俳優か？〉

紙面に躍る下世話な見出しを思い返し、十和は再度溜め息をついた。

とんだでたらめを書かれたものだ。森若とは断じてそういう関係ではなく、単なる芸能界の先輩後輩。十和は森若に憧れているが、それは俳優として尊敬しているのであり、恋愛感情とはまったく違う。森若にしても、十和は弟のようなもので、恋愛対象ではないだろう。

というのも、舞台の稽古中に、何度か森若が別の俳優と親密な関係になっているのを目撃したからである。それも一人ではない。少なくとも同時進行で三人はいた。

性に奔放な人だと噂に聞いていたし、魅力的なアルファなら引く手あまたなのはむしろ当然で、逆に相手を一人に絞るのも難しいに違いない。

オメガの自分とは大違いなのである。

この世界には男女の第一性別とは別に、「アルファ」「ベータ」「オメガ」の三層に分類される第二性別――バース性というものが存在する。

人口の一割にも満たない希少種アルファは、容姿才能ともに非常に優れており、政官財、芸術、芸能、スポーツ界まで、トップに君臨するのはだいたいこの性だ。

一般性とも呼ばれるのがベータで、人口の約九割がこの層に属する。ベータはバース性の影響を受けることがないため、いわゆるバース問題からは除外される。

そしてアルファよりも圧倒的に希少でありながら、『厄介な性』と揶揄されるのがオメガだ。その特徴は、男女ともに妊娠出産が可能であり、数ヶ月に一度、ヒートと呼ばれる発情期に見舞われる。一旦ヒートに入ると、強烈な性フェロモンを放出してアルファを誘惑するのだ。アルファはこのオメガのフェロモンに抗うことができない。

そのため、アルファとオメガの関係をめぐっては古くから度々問題が起きてきた。しかし近年、国際規模で急速な法整備が進み、またヒートを抑える薬剤も劇的に進化を遂げた。今では多くの人が上手く自分の性と付き合いつつ平穏な社会生活を送っている。

オメガとはいえ、ヒートにさえ気をつけていれば他の二層となんら変わりない。

十和が初めてヒートを起こしたのは一般的には少し遅めの十九歳だったが、その頃から抑制剤を使用し、発情を最小限に抑え、安定したヒート周期をたもってきた。おかげで才能に満ち溢れた見目麗しいアルファが多い芸能界でも問題なく活動を続けられている。

高校卒業後、俳優を目指して上京し、今の芸能事務所のオーディションを経て所属タレントになったが、現実は思った以上に厳しかった。

上京して五年目。芸名『鈴原トワ』として活動しているが、いまだにオーディションを受けては落とされの繰り返しだ。

それでもようやく、大人気アニメの舞台版で役を得てステージに立ったのが三ヶ月前。演じたキャラクターは割と地味な立ち位置だったが、予想外にグッズの売り上げがよく関係者からは驚きの声が上がっていた。アニメや舞台ファンの間で鈴原トワの名前が少しは浸透したのではないか。もしかしたら、これを機に仕事が増えるかもしれない。そんな淡い期待を抱いたのもつかの間、身に覚えのないスキャンダルに見舞われてしまったのである。

冗談でも熱愛の相手として報じられたのがあの森若だ。森若ファンからのバッシングは相当なもので、今まで事務所に呼び出されて社長とマネージャーと一緒に今後の対策を考えていたのだ。

念のため今日はタクシーを使って帰宅し、つい先ほど住宅地に入る前の通りで降車したところだった。

路地を右折する寸前、十和は足を止めた。

「うわっ、あれって週刊誌の記者……？」

現住所である兄が所有する部屋のマンション前にそれらしき男性が二人いる。片方はスマートフォンを耳に押し当てながら通話中で、「鈴原トワは——」と話している。

まさか、無名のこっちにまで取材が来るとは。

すでに自宅を特定されていることにも驚く。

瞬時に踵を返した。

正面突破は無理そうだ。裏に回った方がいいだろう。

駐車場側に入居者専用の通用口がある。急いで引き返そうと足早に歩きだしたその時、ドンッと誰かにぶつかった。持っていた週刊誌が弾かれて地面に落ちた。

「あ、すみません」

十和は慌てて謝ってその場にしゃがんだ。週刊誌を拾おうと手を伸ばすと、そのすぐ先に、バサッと頭上から別の雑誌が降ってきた。

ぶつかった相手のものだろう。磨き上げた革靴の爪先が見えた。男性だ。足のサイズは十和より二回りくらい大きい。

「あの、落としましたよ」

十和は先に私物を回収した後、もう一冊を拾った。軽く砂埃を払う。ちょうど街灯の下で、裏返した雑誌の表紙にぎょっとした。今まさに十和が脇に抱えているものと同じだったからだ。

まさか、この人も記者だろうか。

「これ、どうぞ」

十和は顔を伏せて立ち上がり、雑誌を差し出した。こういう時に限って帽子もマスクも身につけていなかった。急激に脈拍が速まり、せわしない鼓動が耳の奥で鳴り響く。妙な胸騒ぎがした。

雑誌を受け取った男が呟いた。

「……鈴原トワ？」

ぎくりとした。ばれた。十和は俯いたまま会釈し、急いでその場を去ろうと大股で踏み出した。

「待ってくれ」

擦れ違う寸前、男に腕を掴まれた。直後、びりっと強烈な痺れのようなものが全身を駆けめぐった。

「っ！」

反射で十和は腕を引いた。同時に相手の男もパッと手を離す。まるで互いの間で静電気が発生したような衝撃に、思わず顔を撥ね上げた。

街灯の明かりに照らされて、男の顔がはっきりと見て取れる。その瞬間、十和はひゅっと息をのんだ。

背の高い男だった。驚くほど手足の長い均整の取れた体躯に上等なスーツを着こなし、艶やかな黒髪を綺麗に撫で付けたその下には、目を瞠るほどの美貌。

直感で男がアルファだと見抜く。仕事柄、華やかで目を引く容姿をした男女は見慣れているつもりだが、これほどまでに引力の強い相手と出会うのは初めてかもしれない。

思わず見惚れると、涼やかな切れ長の目が十和を捉えた。

視線がかちっと合った瞬間、ふいに下腹にずんと重く響くような熱が生じた。

そんな、まさか――。

「……っ」

十和は信じられない気持ちでふらつく下肢を踏ん張った。

どくどくとこめかみが脈打つ。心臓が高鳴りだし、下腹部の熱が一気に膨らむ。息を乱し、すぐに十和は立っていられなくなった。

「おい、どうした」

ふらふらとよろめく十和を、倒れ込む寸前で男が支える。

「大丈夫か」

心配げに声をかけてくれる男を見上げた。呼吸を荒らげる自分がその時どんな目をしていたのか記憶にない。

十和を見下ろし、男の逞しい喉仏がごくりと大きく動いたのがわかった。

「まさか……オメガなのか」

掠れた声に情欲が混じる。十和を見つめる瞳の奥にめらっと光が宿った。ベータなら気づかない、オメガのフェロモンを感じ取っている。

やはりこの男はアルファだ。

十和の本能がかつてないほど露骨に反応を示していた。おそらく、アルファと接触したせいで、ヒートに似た症状が起こったに違いない。抑制剤を服用しているのに、こんなことは初めてだった。全身の血が滾り、体の芯が熱を加えた飴のようにどろりと溶けだすような感覚に襲われる。

「おい、しっかりしろ」

「……っ、や……は、はなれ、て……っ」

これ以上、この男の傍にいると双方ともに危険だ。

十和は必死に男から逃げようと体を翻したつもりが、足がもつれて横のブロック塀に背中からぶつかった。「危ない」と支えようとした男も一緒になって覆い被さってくる。

壁に囲い込まれて、間近に視線が絡み合った。

息を切らし、濡れた目で見上げる。男の喉仏が生々しく上下する。それがどうしようもなく劣情をそそり、興奮した。彼がほしくてたまらなくなる。

導火線が燃え尽き、カッと体の奥が燃え上がる。

はあ、と男が欲望にまみれた低い息遣いを漏らした。

それが合図だったかのように、濃密な空気を押し潰して覆い被さってきた男の唇が十和の唇を塞いだ。

「……っ、んんっ……」

歯列を割り、中に入ってきた肉厚の舌が口腔を蹂躙する。十和も夢中になって舌を絡ませた。理性が飛び、激しく貪り合う。

こんな体内で暴れ狂うほどの飢餓感は初めてだった。狂おしいほどの渇きをどうにかしてほしくて、もっとと男に取りすがる。

もっと、ほしい。もっともっと、奥までいっぱいに――。

背伸びして男の逞しい首を掻き抱いた時、ガチャーンッと夜闇を切り裂くような物音が鳴り響いた。

びくっと抱き合っていた二人の動きが同時に止まった。

路地の先でもめるような声がする。人が集まってくる気配があった。

十和は瞬時に我に返り、反射的に目の前の男の胸板を突っ撥ねた。男もいきなり現実に引き戻されて、茫然とした顔をしていた。互いに自分たちの身に何が起きたのかいまだに理解できず、居たたまれない沈黙が横たわる。

「――っ」

十和は咄嗟にその場から逃げ出した。「待ってくれ」と、背後から男の声が呼び止める。だが無視をした。足がもつれそうになりながら、十和は必死に走った。まだ脳が痺れたように熱く、くらくらする。

騒ぎの起きている方面とは反対側へと路地を抜けた。

マンションの裏側、歩道に数人の若い女性が溜まっていた。

突然、路地から飛び出してきた十和に、彼女たちが視線を向ける。一人が十和に気づいて声を上げた。

「ねえ、あれ。レン様と噂になってる男じゃない。鈴原トワ！」

しまった。十和は青褪めた。彼女たちは森若のファンだ。露出多めの奇抜なファッションをした女性たちが十和に気づき、すぐさまこちらに寄ってきた。あっという間に四人に取り囲まれる。

「あんた、マジでレン様と付き合ってんの？」

「なわけないでしょ。こいつ、ブサイクじゃん。つり合うわけないし」

「この前の舞台も演技ドヘタだったし。レン様の足引っ張って、何がしたいのって感じ」

「じゃあ売名？　レン様の邪魔すんなよ、ブス。迷惑なんですけど」

耳障りな金切り声が興奮状態の頭にガンガン響く。気分が悪い。頭が回らずに苛々して、つい尖った物言いになる。

「あの、やめてもらえませんか。あなたたちに関係ないでしょ。何も知らないくせに」

「はあ？」と、一人がドスの利いた声で言った。一気に空気が淀む。しまったと後悔しても後の祭りだった。彼女たちを挑発するような発言は避けなくてはいけないのに、つい口が勝手に動いてしまった。

険悪な雰囲気に包まれる中、一人がすごむように叫んだ。

「調子に乗んなよ、底辺俳優が。レン様に近づくな、目障りなんだよ！」

次の瞬間、ドンッと両肩を突き飛ばされた。

途端にバランスを崩した十和は彼女たちの輪からはみ出し、勢い余って車道に飛び出した。

運悪くそこに大型トラックが走ってきた。

パッパーとクラクションが鳴り響く。明るいヘッドライトに目が眩む。

あ、死んだ——あんな大型トラックに轢かれたら、人体は吹っ飛ばされ、アスファルトに叩き付けられて一巻の終わりだ。

きっと今から、十和のこれまでの人生が走馬灯のように駆け抜けるに違いない。

ところが突如、脳が激しく揺さぶられた。思考が強制的に中断され、同時に視界が回って全身を衝撃が襲った。

衝撃が収まって、十和は無意識に閉じていた目を恐る恐る開いた。

生きている——?

視界に広がったのは紺色の夜空と街路樹。あおむけに横たわっているのだと理解する。なんだろう、体が重たくて動けない。何かが覆い被さっている。十和はゆっくりと空に投げていた視線を手もとに引き寄せた。そうして、自分に覆い被さっているそれが人の体だと気づく。

「……え?」

一気に現実に引き戻された。十和はなぜか男の逞しい腕の中にいた。路地で出会ったあの男だった。右腕の痺れるような痛みは、強い力で引っ張られたからだと思い出した。トラックに轢かれそうになった十和を、彼が助けてくれたのだ。

衝撃から守るように、男は自分の大きな体で十和を包み込むみたいにして抱きしめていた。だが、当の本人はぐったりと横たわり、目を閉ざしたままだ。意識がない。

十和は急いで体を起こした。歩道の脇に倒れている男に呼びかける。

「あの、大丈夫ですか。もしもし、聞こえますか、返事をしてください！」

男はぴくりとも動かない。十和は青褪めた。少し離れた場所で、十和を突き飛ばした女たちが取り乱した様子でおろおろしていた。

「大丈夫ですか！」と、トラックの運転手が駆け付けた。

十和は叫んだ。

「救急車をお願いします。意識がないみたいで……っ」

運転手が頷き、スマートフォンを操作する。

「もしもし、聞こえますか。しっかりしてください！」

救急車が到着するまで、十和は男の傍で必死に呼びかけ続けた。


事故現場は騒然となり、一時は警察も駆け付ける騒ぎになった。

十和は救急搬送される男に付き添って救急車に乗り、病院に向かった。治療中の男を待っている間、警察に事情聴取された。

森若のファンともみ合いになったこと。道路に押し出された十和はトラックに轢かれそうになり、件の男に助けてもらったことを話す。もちろん、その直前に十和と男が何をしていたかについては黙っていた。初対面で、名前も知らない相手だと伝えた。嘘は言っていない。

森若ファンも目の前で事故を目撃し、ショックを受けて相当反省していると聞いた。十和としても大ごとにしたくない。ただ、男の容態次第では今後の対応が変わってくる。

男は一通りの検査を受けて、命に別条はないと医師から告げられた。

十和は心の底から安堵した。今は眠っているようなので、今日は一旦帰り、明日また改めることにした。

翌日。

十和は起きてすぐ病院に向かった。一般の面会は午後からと聞いていたが、刑事に呼び出されたのである。

病室を訪ねると、ベッドを囲むように医師と看護師、そして昨日会った刑事が二人立っていた。看護師に「どうぞ」と促されて、十和は会釈して部屋に入る。

ベッドには男が上体を起こしていた。

「あ、気がつかれたんですね。よかった」

十和はほっとした。

俯いていた彼がゆっくりと顔を上げる。ぼんやりとした目がこちらを向いた。

十和は改めて昨夜の礼を伝えた。

「鈴原といいます。昨日は危ないところを助けてもらって、どうもありがとうございました。おかげで命拾いしました」

「すずはら……」

男は小さく繰り返しただけで、再び虚空を見つめたまま反応がなくなる。十和は戸惑った。

「あの、体調はどうですか？　お怪我は？」

男の端整な顔には左頬に絆創膏が貼ってあった。上掛けを撥ね退けた両手にもそれぞれ大きめの絆創膏。

何も喋らない男に代わって、医師が咳払いを一つして説明する。

「外傷は擦り傷と打撲ですね。頭を打ったようなので念のため検査をしましたけど、どこも異常はなかったです。ただ、少し記憶の方に問題があって……」

言葉尻を濁し、困ったように刑事の方にちらっと視線を向ける。後を引き受けて、若い刑事が言った。

「実は、頭を打ったショックで記憶が一部なくなっているようなんですよ」

十和は耳を疑った。

「は？　記憶がなくなっている？」

「本人に訊いても、名前もわからない状態で。身元がわかるような所持品もなく、我々も困っていたところだったんです。唯一、上着のポケットに入っていたものがこれでして」

そう言って差し出されたのは一枚の名刺だった。

十和はそれを受け取る。一面に星空がデザインされた個性的な名刺。どことなく見覚えがあった。

刑事が言った。「そこにある、鈴原九十九《つくも》さんというのは、あなたのお兄さんですよね」

「……はい、兄ですけど」

名刺は年の離れた兄のものだった。以前兄から渡されて、十和もこれと同じものを持っている。

「裏面を見てください」と刑事に言われて、十和は名刺を裏返した。

上半分が星空柄で、下半分は余白になっている。そこに兄の字でこう書いてあった。

〈いつでも遊びに来いよ。親友のお前なら俺は許す！〉

更に手書きで住所も記してあった。十和が住んでいるマンションのものだ。

「この人、兄の友人なんですか」

「どうやらそのようですね。あと、これも一緒にポケットに入っていたのですが。見覚えはありませんか」

刑事が差し出したのはキーホルダー付きの鍵だった。シンプルな金属製の星形プレートキーホルダー。十和は目を瞠った。

「鍵は知りませんけど、そのキーホルダーなら俺も同じものを持っています」

急いでトートバッグをあさって自宅の鍵を取り出す。

同じキーホルダーを見せると、刑事たちも驚いたように顔を見合わせた。

「ああ、本当ですね。同じものだ。こちらはどこで手に入れられたんですか」

「これは非売品なんです。兄の会社で何かの記念で作ったものらしいですけど、身内に配ったって言っていました。個人的に作ったもので数は多くないと聞いた気がします。俺も兄からもらいました」

「ということは、こちらの男性もお兄さんからこのキーホルダーをもらったと考えていいでしょうね。我々は、彼が昨日お宅を訪ねるつもりだったのではないかと考えているんですよ。その途中であなたを助けて事故に巻き込まれた。お兄さんと連絡は取れますか」

「兄ですか?」途端に十和は焦った。「えっと、兄は……」

兄の九十九は現在行方不明だった。厳密に言うと、去年まではその名刺に記載してあるゲーム会社の社長だった。ところが、突然思い立ったように設立当初の仲間に経営を譲って社長を辞職、なぜかバックパッカーになって旅に出てしまったのである。ちなみに、名刺に書かれたマンションも九十九の名義だ。旅に出る前に彼は別の場所で一人暮らしをしていた十和を呼び、強引に引っ越しをさせたのである。現在は兄の留守を預かる形で十和が一人でマンションに暮らしている。

九十九からは、不定期で世界中のどこからかポストカードが届く。それが兄の生存を確認する唯一の方法だった。

先月はトルコから届いた。今はもう別の場所に移動しているだろう。携帯電話を所持しているはずだが、電話はまずつながらないし、送ったメッセージも大抵何日も放置されたまま既読にならないので、こちらからは連絡の取りようがない。

念のため、スマホのアプリから兄に電話をかけてみたが、案の定つながらなかった。

「困りましたね」

刑事の言葉に、その場にいる全員が途方に暮れたように互いの顔色を窺い始めた。

「とりあえず」と、年輩の刑事が切り出した。「目立った外傷もなく、検査の結果も問題ないようなので、医師の先生も退院の許可は出せるそうです」

「でも、帰る場所もわからないんですよね。その場合はどうなるんですか」

「こちらでも調べてみたのですが、行方不明者届は出ていないようです。警察のデータベースにも残っていないので、犯罪歴などはなさそうですね。このまま身元引受人になってくれる方がいないのなら、まあ役所と相談して、その後の生活について決めてもらうことになります。でもこの方、間違いなくアルファでしょう。何かしら手がかりがありそうなんですけどねえ」

医師も頷く。第二性別は血液検査ですぐに判明する。

「これだけ目立つ外見なら、芸能関係者ということも考えられますが――鈴原さん、いかがですか」

刑事が訊いてきた。十和が俳優の仕事をしていることは昨日の取り調べで話した。とはいえ、俳優としての仕事は少なく、アルバイトをしないと食べていけない。現場で顔を合わせる同業者はそう多くはないが、彼のような人目を引く相手なら、その場にいたら絶対に記憶に残っているはずである。

「いえ、少なくとも俺は見覚えがないです」

かぶりを振った時、ふいにベッドの上の彼と目が合った。

それまで心ここにあらずといったふうにぼんやりと虚空を眺めていたのに、突然目に光が宿ったようだった。切れ長の鋭い目が十和をじっと見つめてくる。

引力の強い眼差しに捕らわれて、急に心臓がどくどくと鳴りだした。脳裏が閃き、昨夜の記憶が蘇る。初めて出会ったはずの男に一瞬で心を奪われ、まるで自分ではないかのように理性を失い、本能で彼を求めた。あんなのは初めての経験だった。

じわりと体の奥が熱くなるのを感じた。

慌てて視線を逸らそうとすると、男がふと不安げな表情を浮かべた。先ほどまで射程内に獲物を捕らえた獰猛な獣の目をしていたかと思えば、急に捨てられた子犬のような目で十和を見つめてくる。昂っていた胸がぎゅっと鷲掴みにされた。

「そうですか。芸能人ではないんですかねえ。それでは、役所に連絡して担当者を回してもらって——」

「あの、ちょっと待ってください」

十和は咄嗟に刑事の言葉を遮った。全員の視線が一斉に十和に向く。

「この人の身元引受人には、俺がなります。兄と連絡が取れるまで、この人はうちで預からせてください」

なぜそんなことを言ったのか、自分でもよくわからない。

勢いに任せて先走ったことを早くも後悔した。

# 2

おそらく兄の友人で、十和にとっては命の恩人。

彼が体を張って助けてくれなかったら、今頃十和はこの世にいなかったかもしれない。逆に言うと、十和を助けなければ、彼は記憶を失わなかった。

十和が男の身元引受人を買って出たのは、当然だともいえた。

刑事も医師も看護師も、誰も反対はしなかった。むしろその言葉を待っていたとばかりに、その後の手続き等はスムーズに進んだ。ひとまずは十和の家に居候し、兄と連絡が取れるのを待つことになった。彼に関して何か情報が入れば、警察から連絡がくる。

男の入院治療費は十和が立て替えるつもりだった。経済的に余裕がない十和には痛い出費だが仕方ない。ところが、警察から例の森若ファンの女の子たちが全額支払うと申し出があったと連絡があった。彼女たちも反省しており、十和の方も一応事務所に事件の経緯を連絡したものの、これ以上大ごとにしたくなかったので、双方の了解の下、この件に関してはこれで幕引きになった。

残る問題は、記憶喪失の男である。

記憶を失っているのはどうやら自身に関することが中心で、日常的なことは認知しているようだった。

ものの名称やエレベーターの乗り方、自動販売機のコーヒーにホットとアイスがあることも知っていた。缶も自分で開けられたし、ゴミの分別もきちんと理解していた。

だが、自分のことになるとさっぱりわからなくなるようで、いくつか質問をしてみたものの、男は首を傾げてばかりだった。

十和が退院手続きをする間も、男はぴったりと十和の傍に張り付いていた。大きな図体をしていながら、まるで迷子になった子どもみたいに不安そうにきょろきょろと辺りを見回していたのが印象的だった。はたから見れば完全に不審者だったが、男の完璧な容姿が周囲には何か別の理由があるのだと勝手に想像させるのか、患者の多くは彼を警戒するどころか立ち止まって見惚れていた。アルファの隣に立つと感じる圧倒的なオーラと周囲からの羨望の眼差しを、十和は実感していた。

マンションに帰宅し、十和は男を招き入れた。

「散らかっていますけど、どうぞ上がってください」

「……お邪魔します」

すぐに適切な挨拶が出てくるあたり、礼儀はきちんとしている人なのが窺える。

リビングに通すと、男は落ち着かない様子で室内を見回し始めた。

「この鍵はどうしましょうか。大事なものだと思うのでなくさないようにしまっておかないと」

十和は刑事から返却されたキーホルダー付きのディンプルキーを差し出す。男が困ったように言った。

「鈴原さんが預かっておいてくれないか」

「え、俺がですか。あー、じゃあとりあえず、ここにしまっておきましょうか」

十和はテレビボードの引き出しを開けた。以前九十九が取引先からもらったという外国製のカラフルな菓子箱が入っている。空箱の蓋を開けて、鍵をしまった。

病院から着て帰ったスーツは汚れていたので、兄のスウェットを渡して着替えてもらった。兄も高身長の部類に入るので、サイズはちょうどよさそうだ。

スウェット姿でも品がある。そういえばこの家に家族以外の誰かがいるのは初めてのことで、十和までもが緊張してきた。

「さっきコーヒーを飲んだんで、麦茶でいいですか」

訊ねると、男がこくりと頷く。麦茶が何かも理解しているようだ。十和は冷蔵庫を開けてペットボトルを取り出し、グラスに注いだ。テーブルに運ぶ。

「いろいろあって疲れているでしょうし、今日はゆっくりしてください。えっと……名前がわからないと困りますね。これからしばらく一緒に暮らすんだし、よかったら仮の名前を考えませんか」

麦茶を飲んでいた男が顔を上げた。

「ああ、不便だよな。では、鈴原さんが考えてくれないか」

「俺がですか？」

十和はしばし考える。ふと視界の端に、フローリングの床に綺麗に畳んで置いたスーツとシャツが目に入った。後からクリーニング店に持っていくつもりのそれを見やり、十和は訊ねた。

「青が好きなんですか」

男が首を傾げる。

「シャツもブルーだし、靴下とハンカチも同系色で纏めていますよね」

「ああ、そういえば。本当だ、気がつかなかったな」

自分の脱いだ服を見て、言われて初めて気づいたと軽く目を瞠る。「俺は、青色が好きだったのかもしれない」

「奇遇ですね。俺も色の中だと青が一番好きなんです。あっ。だったら、色にちなんでアオイって名前はどうですか」

「アオイ……」と、男が舌の上で音を転がすように繰り返した。「いいと思う。それでお願いします」

「じゃあ、アオイさんで。改めまして、俺は鈴原十和といいます。兄の九十九と名字が同じなので、俺のことも名前で呼んでください」

「十和……くん」

「十和でいいですよ。アオイさんが兄と同い年なら七つ年上ですから。俺は二十三ですけど、俺より年下ってことはないですよね」

冗談のつもりだったが、アオイは真剣な顔で「どうだろう」と呟き、首を傾げていた。

「そうだ、兄ちゃん――兄の写真でも見ますか。何か思い出すかも」

十和は一度席を立ち、部屋からアルバムを持って戻る。

スマホに保存している画像もいくつかあるのだが、九十九はどれもふざけた顔をしているので参考にならない。

「ああ、これ。俺が成人式の時に一緒に撮ったものです。珍しく兄がスーツを着ていて、まともに写っていますね。どうですか、何か思い出せませんか」

アルバムのポケットから一枚を抜いて差し出す。アオイがじっと写真を見つめる。

「すまない、よくわからない」

申し訳なさそうにかぶりを振った。

「そうですか。あ、気にしないでください。急ぐ必要はないですからね。お医者さんも、記憶障害はおそらく一時的なものだろうって仰ってましたから。何かのきっかけで、パッと思い出すこともあるみたいですよ」

「他の写真を見せてもらってもいいだろうか」

「あ、はい。どうぞどうぞ。といっても、俺のアルバムなので、兄の写真はあまりないんですけど」

アルバムを渡すと、アオイは熱心に写真を一枚一枚見始めた。

「それは、去年のお正月に実家に帰省した時に母が撮ったものです。その後に兄は会社を辞めて海外に行ってしまったんで、俺が持っている中では兄が写っている一番新しい写真ですね」

アオイが突然胸もとを押さえた。

「どうかしましたか」

「……なんだか、この辺りがざわざわするような」

「ざわざわ？　何か思い出しそうな感じですか」

「それはまだなんとも……。でも、写真を見ていると動悸がする」

「記憶はなくても、体が覚えているのかもしれませんね。知っている顔を見て、無意識に脳が反応しているのかも」

九十九と一刻も早く連絡が取りたかった。彼に訊けば一発でアオイの素性がわかるだろうに。

「十和とお兄さんはあまり似ていないんだな」

「ああ、はい。よく言われます。兄はアルファなので、昔から人目を引く容姿で、学生の頃はかなりもてていたみたいですけど。アオイさんも同じじゃないんですか」

一瞬、アオイがきょとんとした顔をしてみせた。十和は訊ねた。

「もしかして、第二性別のことも覚えていませんか。アルファとベータとオメガのことなんですけど」

アオイが困ったように首を傾げて言った。

「ちょっと、よくわからない。アルファとベータと……何？」

「オメガです。アオイさんは病院でも検査してもらった通り、兄と同じアルファ性だそうです。あの、念のため確認しますけど、昨夜のことは本当に何も覚えていないんですよね？　事故の前に俺と会った時のこととか……」

「事故の話は刑事さんから聞いたが、その前にも俺たちは会っていたのか？　何も覚えていないのかと訊かれるということは、もしかして、俺は十和に何かしたんだろうか」

不安げに聞き返されて、十和は慌てて首と手を横に振った。

「い……いえっ、何もしていないです。そっか、第二性のことも覚えていないんですね」

アオイが昨夜のことを忘れていて、内心ほっとした。十和にとっても気まずいことこの上ない出来事なので、彼が何も覚えていないのは正直助かった。

とはいえ、これからしばらく一緒に暮らしていくのだから、最低限の知識は持っていてもらった方が何かと都合がいい。

「えっと、男女の性の区別はつきますよね？」

アオイがもちろんと頷く。十和も頷き返して続けた。

「じゃあ、それが第一の性と考えてください。俺たちにはもう一つ別に第二の性というものがあって、それがアルファ、ベータ、オメガの三つに区分されるものなんです。一般的なのはベータ性、この世界のほとんどの人がベータ性に当てはまります。その次に多いのがアルファで、うちの兄と、アオイさんがそうです。アルファというのは、容姿才能ともにずば抜けて優れた性です。見た目だと、長身で恵まれた体格をしているのが特徴ですね。だいたいの人が一目見てアルファだとわかるくらい、人目を引く外見をしていますから。そういう意味でも、アオイさんはアルファです」

十和は対面に座るアオイを見やった。上等なスーツではないスウェット姿でも、そのスタイルのよさは一目瞭然だった。少し長めの黒髪を丁寧に撫で付けていた昨日とは違って無造作に下ろしていても、顔面のよさは際立っている。

思わず見惚れていると、アオイが言った。

「十和は？」

「俺は――」十和は我に返って答えた。「オメガです。うちは父親がアルファで母親がベータなんで、子どもはベータが生まれる確率が高いんですけど、どういうわけかアルファとオメガが生まれて。オメガはアルファよりも更に少なく、超希少種と呼ばれています。身体的な特徴から、定期的に体調不良に陥るので、何かと面倒な性ではありますけど……今は医学が発展して、薬を飲むことでその症状もかなり抑えられるんです。なので、他の性と変わらない生活を送れるので、余計な気遣いはいりません」

アルファとオメガの関係性は、今のところは伏せておいた。昨夜のことは気になっていたものの、今現在、アオイと接触しても十和の体はなんら変調をきたしていない。アオイも特に問題はなさそうだ。念のため、今日は病院を訪れる前に抑制剤を服用していたが、今後も十和が気をつけることで問題なく過ごせるかもしれない。

ぐうっと緊張感のない腹の音が鳴った。

「あ、すみません」十和は咄嗟に腹を押さえた。「今朝も何も食べずに出かけたから、おなかが減っちゃって。もうこんな時間ですもんね。何か作ります。テレビでも見て待っていてください」

十和は急いで対面式キッチンに向かった。

テレビをつけておいたが、アオイはまだアルバムを眺めている。

とりあえずパスタでいいだろう。茹でて、後はレトルトのソースをかけるだけで、不器用な十和にも簡単に作れる。

鍋にたっぷりの湯を沸かす。棚から乾麺の袋を取り出し、沸騰した湯に塩を入れて二人前のスパゲティを投入した。タイマーをセットする。

麺が茹で上がるまでにレトルトパスタソースのパウチを湯せんしておかないと。ところが、棚をあさるもソースが見当たらない。

「あっ、そうだ。この前、全部食べたんだった。買おうと思って忘れてた」

自分のミスに頭を抱える。困った、もう麺を茹でてしまったし、今から急いで買いに行こうか——。

ピピッとタイマーが鳴った。麺が茹で上がってしまった。

十和はあたふたしながらスパゲティをザルに上げる。

「あつっ」

熱湯が手に撥ねかかる。

「大丈夫か」と、アオイがキッチンに入ってきた。

「大丈夫です。ちょっと湯が跳ねただけなんで。それより、すみません。ちょっと今から買い物に出てきてもいいですか。パスタにかけるソースがないのを忘れていて」

アオイがキッチンを見回した。

「冷蔵庫の中を見せてもらってもいいか」

「？　はい、別に構いませんけど」

アオイが冷蔵庫を開けて中を確認する。「タマネギとピーマンがあるな」

「実家から送られてくるんです。母の趣味が家庭菜園なんですよ。お金がないんでありがたいんですけど、でも俺、料理が苦手だから生ものはいつも持て余しちゃって」

「そこの棚にツナ缶があるのが見えたが、それは使ってもいいものか？」

「ツナ缶？　ああ、はい。どうぞ」

ドアが開けっぱなしの棚からストックしてあった缶詰を取り出すと、アオイに渡した。

彼はワークトップにケチャップと野菜を並べる。

「これだけあればソースは作れる。ツナのナポリタンにしよう。まな板と包丁を借りたいんだが」

「どうぞ、好きなだけ使ってください」

十和はすぐにまな板と包丁を準備する。アオイの指示に従い、タマネギの皮をせっせとむいた。アオイは種とワタを取ったピーマンを細切りにし、十和が皮をむいたタマネギも手早く薄切りにした。

その包丁さばきは見事なものだった。まさかアオイにそんな特技があるとは思わず、十和はあっけにとられる。

フライパンで野菜を炒める手つきも実に鮮やかだ。思わず驚きの言葉が口をつく。

「なんだかものすごく手慣れていませんか」

「わからないが、体が勝手に動く感じだ。作り方も頭に入っているみたいだ」

「もしかして、アオイさんの職業は料理人ってことはありませんか」

「うーん、どうだろう。料理をすること自体は好きなようなんだが」

十和は急いでスマホで検索してみた。『イケメンシェフ』『アルファ』などのキーワードで探してみるものの、残念ながらめぼしい手がかりは見つからなかった。

「シェフじゃないのかな。料理学校の先生とか……」

「できたぞ」

十和がスマホをいじっている間に、ナポリタンが完成してしまった。

ダイニングテーブルに運び、アオイと向かい合って座る。

「それでは、いただきます」

十和はフォークにスパゲティを巻き付けた。大きく口を開けて頬張る。

「……おいしい！」

思わず声を上げると、アオイがほっとしたように微笑んだ。

「口に合ったようでよかった」

「このパスタ、ものすごくおいしいですよ。冷蔵庫の中身を見ただけでパパッとこれが作れちゃうなんて、もうプロじゃないですか」

興奮気味に伝えると、アオイが苦笑した。「そんな大袈裟な」

「いやいや、本当に。お店で食べるのよりもおいしいですもん。アオイさん、料理関係の仕事についていたんじゃないかな。料理をしていて何か思い出したことはないですか」

「……いや、これといって記憶が蘇るようなことはなかった気がする」

「そうですか。でも、料理は一つのキーワードかもしれませんね。そうだ、この後――」

スマホの着信音が鳴った。事務所のマネージャーからだ。

「あ、電話だ。ちょっとすみません。――もしもし、お疲れさまです」

『お疲れさま』と、担当マネージャーの川瀬《かわせ》がいつもの淡々とした口調で話し始める。

回線越しに彼女の話を聞きながら、十和は自分の目線が徐々に下がっていくことに気がついた。最後は爪先を見つめて、小さく溜め息を零す。

「わかりました。はい、はい。じゃあ、明日伺います。はい、失礼します」

通話を切り、再び長々と息を吐いた。

「どうかしたのか？」

アオイが訊いてきた。我に返った十和はテーブルに戻る。

「先日受けたオーディションの結果報告です。今回もダメでした」

明るく答えたつもりが、語尾に落胆の色が滲んでしまった。「そうか」と、アオイも気遣うような眼差しを向けてくる。

「まあ、落ち込んでもしょうがないですし、また次頑張ります。そうそう、この後のことなんですけど、俺バイトに行かないといけないので、アオイさんを一人にしちゃいますけど、のんびり休んでいてください」

「ああ、そうなのか。わかった」

「お風呂も入ってもらって構わないんで。使い方はわかりますか」

「たぶん大丈夫だ。キッチンもだいたい見たら使い方がわかったから」

「だったらよかった。タオルは棚にあるものを使ってくださいね。最近、掃除もまともにできていなくて散らかっているんですけど、そこは気にせず適当にくつろいでいてください。おなかがすいたら冷蔵庫の中のものとか、あとさっきの棚にレトルトのごはんやカップ麺も買い置きがあるし、他にもこの家の中のものは好きに使ってもらって構いません。後は……そうだ。兄の部屋を使ってもらうつもりなんですけど、今は物置になっているんで帰ってから片付けます。洗濯物は洗濯機の中に入れておいてください。後で纏めて回しますから。スーツはクリーニングに出しておきますね」

のんびりしすぎたようだ。気がつくと随分と時間が経っていてびっくりする。十和はナポリタンを掻き込むと、食器をシンクに運んだ。

すぐに後からアオイが自分の食器を持ってやって来る。

「そこに置いておいてくれ。洗っておくから。早く準備しないと間に合わないだろ」

「すみません、せわしなくて。お願いします」

急いで仕度をしてリビングに戻る。食器を洗う手を止めて、アオイが玄関まで見送ってくれた。

「帰りは遅くなるのか」

「九時には戻ります。鍵はかけて出ますので、今日は外出せずに家にいてください」

「わかった。十和の帰りを待っている」

真面目な顔をしたアオイが、一瞬飼い主に従順な大型犬に見えた。逞しい長躯の背後にもふもふの尻尾まで見えてしまいそうで、十和は思わず小さく噴き出してしまった。

「じゃあ、いってきます」

「いってらっしゃい、気をつけて」

手を振って見送られると、途端に気恥ずかしさが込み上げてきた。なんだか新婚夫婦みたいである。

「いやいや、なんだよ新婚って。相手は記憶喪失者だし」

でも、キスしたんだよな――。

脳裏に再びあの淫靡な記憶が蘇りそうになり、十和は慌てて頭を振って掻き消した。


「それじゃ、お疲れさまでした。お先に失礼します」

挨拶をすると、「おう、気をつけて帰れよ」と、カウンターの中からマスターの声が返ってきた。

十和は店を出て、真っ直ぐ駅に向かう。電車を乗り継ぎ、最寄り駅からは徒歩で十分ほど。閑静な住宅街にあるマンションは人気の物件で、本来なら十和のような低所得者が住めるような場所ではない。

九十九に呼ばれるまでは、十和も分相応の賃貸アパートに住んでいた。アルバイト先の喫茶店はアパートの徒歩圏内だったが、今のマンションは交通機関のアクセスがよく、十和が所属する芸能事務所にも近い。住環境はアパートの頃と比べるまでもなく、快適だった。バックパッカーになった九十九の留守を預かるという名目で、半ば強制的に引っ越しをさせられたのだが、今ではそれも感謝している。というのも、十和が引っ越した後、アパートの周辺で強盗事件が相次ぎ、大騒ぎになったのだ。マスターや常連客からも、引っ越してよかったと散々言われたのである。

だが、住処は広ければいいというわけではなく、広い部屋にはそれ相応の手入れが必要なのだと身をもって知る羽目になった。

狭いアパートはスペースが限られているので掃除も適度にすればどうにか体裁をたもてた。しかし、広すぎると今度は掃除をするのが億劫になり、また多少散らかっていても床面積が広いのでそんなに気にならないのだ。結果、もともと家事が得意でなかった十和は、ますますずぼらが進み、部屋はいつも雑然としていた。これまでは人を招くこともなかったので、それでよかったのである。

ところが、ひょんなことから年上の男を居候させることになってしまった。

「あー、帰ったら掃除しないとな。とりあえず、アオイさんが寝る場所を作らないと」

九十九も片付けが苦手なので、引っ越した当初から部屋の中はそこそこ荒れていた。特に九十九が寝室として使っていた部屋は、荷物の整理をしたが、結局片付かずに諦めたのだろう、中身の詰まった段ボール箱がいくつも出しっぱなしだった。十和が少しは片付けたものの、一年経った今もほとんどが手付かずのままだ。

あれが今日中に片付くとはとても思えない。

最悪、アオイには十和の部屋で寝てもらって、十和はソファで眠るしかない。

そんなことを考えながら歩いていると、マンションに到着した。今日は記者らしき人も見当たらず、用心はしつつも正面エントランスから入る。

エレベーターを降りて自宅の前に立つ。一応、チャイムを鳴らしてからドアを開けた。

「ただいま……あれ？」

なんだかいいにおいがする。

きちんと揃えた革靴の隣にスニーカーを脱ぎ捨てて、十和はリビングに急いだ。一つながりのダイニングキッチンから、妙に馴染んで見えるアオイがフライパンを片手に言った。

「おかえり。腹は減っているか」

「……ただいま。うん、減ってる」

あまりにも自然なやりとりに、つい言葉遣いも砕けてしまう。食欲をそそるスパイスの香りに我慢できず腹の虫が鳴った。

アオイが微笑む。

「食事の準備をしておいた。荷物を置いてきたらどうだ。すぐに食べられるぞ」

十和は急いで部屋に荷物を置くと、洗面所で手洗いうがいを済ます。ふと気になって辺りを見回した。見慣れた我が家なのに出かける前とは明らかに異なる、違和感の正体にすぐに気がつく。

「掃除までしてくれたんだ。家中ピッカピカになっているんですけど」

改めてリビングを見渡すと、雑然としていた部屋が綺麗に片付き、すっきりと整理整頓されていた。洗面所や浴室までがピカピカになっていたし、溜まっていた洗濯物もすべて洗って干してある。乾燥機にかけたものは丁寧に畳んでソファの上に置いてある。

「……すごい、スーパー家政夫かよ」

興奮気味に独りごちると、ダイニングテーブルに食器を運びながらアオイが言った。

「お兄さんの部屋は構っていないから安心してくれ。十和の部屋は——何か物音がしたので、その時に一度入ってしまった」

「物音？」

アオイが申し訳なさそうに説明した。

「飾ってあった額縁が落ちたんだ。それで、拾おうとして棚にぶつかってしまい、別の箱まで落としてしまった。中のものをぶちまけてしまったから一応拾い集めたんだが、念のため中身を確認してもらえないだろうか」

リビングテーブルの上に確かに額縁と蓋付きのプラスチックケースが置いてあった。安っぽい額縁には切り取ったクロッキー帳が挟んである。ケースの方はもらった手紙が纏めて入っていた。

「額に罅《ひび》が入ってしまっているんだ」

「本当だ。全然構わないよ、これ百円ショップで買ったものだし。大事なのは中身だから」

「その絵に描かれているのは十和なのか？」

アオイに訊ねられて、十和は頷いた。

「ああ、うん。実はこれ、ある人が描いてくれたもので。えっと俺、ここに引っ越してくる前は別のアパートで一人暮らしをしていたんだけど、近くの河川敷で発声やダンスの練習とかをしていたんだ。その時に、たまたま出会った人が俺の練習風景をスケッチしていて、その人から俺が一生懸命に踊っている姿を見て元気をもらったって言ってもらえたんだよね。応援してるから頑張って――って、これをくれて……嬉しかったな」

当時は売り出す方向性も何も定まっていない状態で、顔がアイドル向きという理由で社長に言われるままにダンスのコピーをしたり、歌の練習をしたりしていた頃だ。自分がやりたいことがなんなのかわからなくなって、悩んでいた時期でもあった。

そんな中、十和を見て元気をもらったと言われて、その言葉が当時の十和にとってとても励みになったのだ。

「そうか、そんな思い出のある絵だったんだな」アオイが共感するように頷いている。

「そっちのケースの中身はすべて手紙か？」

「これは俺がもらったファンレター。この絵と合わせて俺の宝物」

オーディションに落ちることはしょっちゅうで、行き詰まってどうしようもない時、十和はこのファンレターを読み返したり、絵を眺めたりして、落ち込んだ気分を浮上するようにしている。どれも十和を支えてくれている大切な宝物だ。

ふと見るとアオイが目を細めていた。

「どうかした？」

「いや、とてもいい顔をしているなと思って。そんなふうに大事にしてもらえたら、ファンとしても嬉しいだろうな」

微笑むアオイに、なぜか不覚にも胸を高鳴らせてしまった。

「そうだ、掃除道具と洗剤の類いは勝手に使わせてもらったぞ」

「ああ、うん。それは全然構わないんだけど……アオイさんって、家事が得意なの？　兄ちゃんも俺よりは家事ができたけど、結構適当でこんなに完璧じゃなかったよ。兄ちゃんは家に他人を入れるのが嫌でハウスキーパーとも契約していなかったけど、お金持ちのアルファの人って、だいたい豪邸に住んでいて家政婦とか雇っているイメージだったから、ちょっと意外だな。それとも、アオイさんも兄ちゃんタイプで身の回りのことは自分でやる派？」

　アオイが首を傾げた。

「どうだろう。でも体が勝手に動いたから、普段からこういうことをしていたんじゃないだろうか。洗濯用洗剤や柔軟剤を選ぶ時も、考えるより先に手が動いていた。風呂掃除も酸性と塩素系の洗剤を混ぜてはいけないと、頭の中でもう一人の俺がアドバイスをしてくるんだ」

「へえ、確かにそういう細かいことは、普段から何もしていない人にはわからない情報だよね。てことは、アオイさんは身の回りのことは自分でできる人だったんだね。結婚……はしていないのかな。独身？」

　ちらっとアオイの左手に目がいく。薬指に指輪ははまっていなかった。なんとなくほっとする。脳裏に再び、昨夜のことがよぎって、わけもわからず頬が熱くなった。

「そのようだな」

「誰かと一緒に暮らしていたりしたのかな。その……恋人、とか」

探るように訊ねると、アオイがすぐさま否定した。

「それもいない気がする。なんとなくだが、俺は一人で暮らしていたのだと思う」

「何か思い出したの？」

「いや、具体的にどうこうというわけではなく、ただなんとなくそんな気がするんだ。十和が出かけてから、掃除や洗濯や料理をしている最中に、ところどころ既視感のようなものがあったんだ。以前の自分もこんなふうに一人で家事をこなしながら生活していたのだと考えると、妙にしっくりくる気がして……」

アオイが難しい顔をしてまたしきりに首を傾げだしたので、十和は一旦話を切り上げることにした。

「おなかがすいたな。あっ、カレーだ。すごい、レトルトじゃないカレーがこのテーブルに載っているの、久しぶりに見る」

テーブルの上を眺めて、十和は素直に感激した。冷蔵庫に押し込んだままだった野菜が綺麗にカットされて盛り付けられたサラダもある。これを見たら、実家の母も泣いて喜ぶだろう。

「カレールーは冷蔵庫に半分残っていたのを使ったぞ」

「ああ、そうそう。実家から送られてきたタマネギが消費できなくて、タマネギカレーを作ったんだった。でもあれももう半年くらい前かも」

「肉がなかったから、代わりにまたツナを入れてみた。ツナのキーマカレー風ポーチドエッグのせ」

アオイからキーマカレー、ポーチドエッグという言葉が出てきて、本当に自分に関する以外のことは覚えているのだなと再確認する。

「へえ、なんかオシャレ。ツナ缶ってなんにでも使えるんだ。そのまま食べるか、マヨネーズを混ぜてツナマヨにするくらいしか知らなかった。食べてもいいですか」

「どうぞ」と、アオイが頷く。

十和はさっそく手を合わせて、スプーンでカレーを掬った。スパイスのいい香りが空腹を刺激する。口いっぱいに頬張って、十和はそのあまりのおいしさに心から唸った。

「んー、おいしい！　最高です、アオイさん。こんなおいしいものが家で食べられるなんて幸せ」

「それはよかった。十和に喜んでもらえると俺も嬉しい」

対面からふわりと微笑まれて、十和はどきっと胸を高鳴らせた。

「俺から一つ、提案があるんだが」

「な、なんですか？」

「情けないことに所持金がまったくなく、家賃も生活費も何も払うことができない。世話になりっぱなしは申し訳ないし――そこで、代わりに体で払わせてもらえないだろうか」

危うくスプーンを取り落としそうになった。

「は？　え？」

まさか文字通り、アルファの体で性的な奉仕をするという意味ではないだろうな。十和は焦った。第二の性についての記憶がないと言っていたが、実はわかっていてそんなことを言いだしたのではないか。十和がオメガだと知っての提案だとしたら――。

どぎまぎしながら疑いの眼差しを向ける。アオイは十和を見つめ返し、真顔で言った。

「居候させてもらう代わりに、この家の家事全般を俺に任せてもらえないだろうか」

「え」十和は目をぱちくりとさせた。「ああ……なんだ、そういうことか」

一気に脱力して、項垂れた。勘違いしてしまった自分が恥ずかしい。

「そういうこと？」

「いえいえ、なんでもないです」十和は慌ててかぶりを振った。羞恥に顔が赤くなるのが自分でもわかる。「えっと、アオイさんが家事を引き受けてくれるってことですよね。いいんですか、そんなこと頼んでも」

「もちろん。十和さえよければ、俺のことはいくらでも使ってくれ」

「うーん、ありがたいし、お願いできるなら是非頼みたいけど。でも、お金のことは本当に気にしなくてもいいのに。この家だって、兄ちゃんの留守を預かっているだけで、俺も家賃が浮いて助かっている身だから。それに、アオイさんは俺の命の恩人だし、お礼をしなきゃいけないのはむしろこっちの方だよ」

身元引受人として、アオイの記憶が戻るまでは、十和にできることがあれば可能な限り協力するつもりだった。

ふいにアオイがスプーンを置き、テーブルの上に手を伸ばした。十和の左手にそっと自分の手を重ねる。

突然のことに十和はぎょっとした。

「えっ、な、なに……？」

「これは昨日の怪我だろう？」

アオイが指の腹で十和の手の甲を撫でる。大判の絆創膏が貼ってある場所だ。アオイと一緒に地面を転がった際に負った擦り傷だった。

アオイがまるで自分が負傷したかのように顔を歪めて言った。

「痛むか？」

「あ、もう全然。ただの掠り傷だし」

「そうか、それならよかった。人前に出る仕事をしているのに、大事な俳優の顔に傷がつかなくて本当によかった」

絆創膏の上から優しく指で傷をなぞるように触れられる。途端に傷が再び熱を帯びたように痺れた。傷口から何か熱いものが体内に流れ込むような感覚に、思わず背筋がぞくっと戦慄く。

「は、俳優っていっても、そんな大層な仕事はしていないし。オーディションも落ちてばっかりの新人だから。顔だって、この業界にはいくらでもいるような普通の顔で……」

「そんなことはないだろう」と、アオイが遮った。「十和はとても綺麗な顔をしている。黒目がちな大きな目もキラキラと輝いていて、まるで宝石のように眩しい」

真っ向から見つめられてそんなことを言われて、十和はたちまち頰を熱くした。

「えっ、いや、それはちょっと褒めすぎ——」

「むしろもっと褒めたたえるべきだ」

アオイが怖いほど真剣な顔つきをして語りだした。「その肌なんて、うっとりするほどの透明感に加えてむき卵のようにつるんと滑らかで、先ほどもサラダのゆで卵の殻をむきながらつい十和のことを思い出してしまったくらいだ。真っ直ぐ筋が通った鼻は、ツンと上向いて少し生意気そうだがそこがまた愛らしく、ふっくらとした艶やかな唇は小ぶりだが上品で、それが笑うと大きく開いて口角がキュッと上がるのがなんともキュート。一見クールな真顔と笑顔のギャップがまたいい。血色のいい薔薇色の唇はふわふわとマシュマロのようにやわらかそうで……」

「わあっ、もういい！　もういいから、ちょっと黙って！　恥ずかしくて死にそう」

咄嗟に十和は叫んだ。押し黙ったアオイの手の下から、急いで自分の手を引き抜く。頬が火を噴き、耳まで真っ赤に染まっているのが自分でもわかる。鼓膜のすぐ奥に心臓があるみたいに鼓動がうるさく鳴り響き、居たたまれなさにまた叫びだしそうだ。

「気を悪くさせてしまったのならすまない。十和の顔を見ているとなんだかこう胸が熱くなって、口が勝手に動いてしまった。……大丈夫か、顔が赤い」

アオイが心配そうに告げた。

十和はじとっと対面を睨み付ける。誰のせいでこうなったと思っているのだ。

「怒っているか？」

何かに取り憑かれたように歯が浮くようなセリフをぺらぺら喋っていた姿から一転、急におろおろとしだし、不安そうな上目遣いで見つめ返してきた。その様子が叱られて反省する大型犬のようで、十和もすっかり毒気が抜けてしまう。同時に、どうしても勘繰ってしまうのをやめられない。

「別に怒ってないけど……アオイさん、まさかホストだったりしないよね？」

アオイがきょとんとした。

「さあ、どうだろう」

端整な顔を険しく歪めると、彼は小さく唸りながらしきりに首を傾げていた。

# 3

翌日、十和は呼び出されて、所属する芸能事務所『シャインプロダクション』まで電車で向かった。

いつもは一人で移動するが、今日はアオイも一緒である。

事故に遭った経緯とその後のことについては事務所に報告してあり、昨夜マネージャーの川瀬から、話を聞きたいからアオイも一緒に連れてくるようにと電話があったのだ。

「アオイさん、大丈夫？　ついてきている？」

「ああ、なんとか……」

電車に乗ったあたりから、物珍しげにきょろきょろと窓の外や人混みを見回していたアオイは、完全におのぼりさん状態だった。

ただ、ここでもその類い稀なるルックスのおかげで、挙動が不審でも気にも留めない女性たちの熱視線を浴び続けていた。

事務所に行く前にファストファッションの量販店に寄った。九十九の好みは独特で、クローゼットに残っていた私服は奇抜なデザインのものが多く、さすがにそれらをアオイに着せるのは十和も抵抗があった。家の中はいいが、スウェット姿で外出させるのも申し訳ない。

十和は店内に入ると適当に見繕って、アオイを試着室に押しやった。

しばらくして、カーテンが開く。アオイが気恥ずかしそうに出てきた。

「どうだろう」

「……いい！　うん、いいよ。すごくかっこいい！」

さすがスタイル抜群、お手頃価格の上下でもアオイが着れば一気に高級ブランド感が出るから羨ましい限りである。同じ服のサイズ違いを十和が着てもこうはならない。

アオイが照れくさそうに頭を掻いた。

「別の服も着てみてよ」

「わかった。ちょっと待っていてくれ」

他人の試着を見てこんなにわくわくするのは初めてだった。手足は長く、だがひょろりと縦に長いだけではない、しっかりとした筋肉の厚みに覆われたメリハリのある体は何を着せても様になる。試着室を出入りする他の男性客たちも、アオイのファッションショーを興味津々の様子で眺めていた。「お連れさんはモデルさん？　かっこいいねえ」と話しかけられると、なぜか自分のことのように嬉しくなってしまった。

何度か試着を重ねて、気回しのきく服を数着購入する。財布には厳しいが、気分はいつになく上々だ。

購入したばかりの服に着替えたアオイを連れて店を出た。

人混みの中を歩くのはどうやら苦手なようだ。隣を歩いていたはずなのに、いつの間にか消えていて、どこに行ったのかと思えば女性に声をかけられてつかまっている。そのたびに十和は急いでアオイを連れ戻しに行き、アオイ目当ての女性たちからは睨まれて、これではどちらがタレントなのかわからなかった。

今も横断歩道で人波に流されそうになったアオイを慌てて保護したところである。

「びっくりした。前に進もうとしているのに、なぜかどんどん後ろに下がっていくんだ」

恐ろしいと、アオイが青褪める。頭一つぶん周囲から飛び抜けているので、人混みに埋もれず歩きやすいのかと思いきや、その頭がどんどん離れていくのを目撃した時は焦った。

「こういうのは体が覚えていないのかな。電車も乗り慣れていない感じだったもんね」

「十和はすごいな。こんな人だらけの場所をスイスイと隙間を縫うように歩けるのだから。誰にもぶつかっていなかっただろ」

真面目に言われて、十和は思わず笑ってしまった。

「これが普通だよ。アオイさんはどういう生活をしていた人なんだろ。車移動が中心だったら、電車には乗らないか。お抱え運転手とかいたりして」

「車……には、乗っていたような気がする」

車道を走る自動車を眺めながら、アオイがぽつりと呟いた。

「自分で運転していたってこと？」

「うーん、たぶん……していたような……？」

首を傾げている。

日常生活における体験や感覚が、失った記憶を取り戻すきっかけになることは十分にあると医者も言っていた。だから、なるべく普通の生活を心がけて、家に閉じこもっているよりも積極的に外に出て脳に刺激を与えた方がいいそうだ。

アオイの言動から想像するに、電車にはあまり乗らない生活をしていたらしい。会社員ではないのだろうか。車に反応していたから、運転免許を持っている可能性が高い。

免許証を携帯していたらなあ、と思いつつ十和はアオイと並んで歩く。スマホも財布も所持していないのに、なぜ週刊誌だけ持っていたのかも謎だ。唯一の手がかりになりそうなキーホルダー付きの鍵も、なんの鍵なのかさっぱりわからない。家の鍵のようだが、それも住所がわからなければ意味がない。九十九からは相変わらず音沙汰なしだ。

「そこを曲がったら事務所のビルが見えるから。マネージャーの川瀬さんは三十五歳の女性で、俺が事務所のオーディションに受かってからずっと面倒を見てくれている人。といっても、うちは小さい事務所だから、所属タレントも少ないけど、スタッフもいなくて、タレントのマネジメントはほぼ川瀬さん一人でやってくれているんだよね。万年人手不足で」

話しながら次の交差点を左折する。

「あの建物だよ」

「思ったよりも普通のビルなんだな」

「雑居ビルのワンフロアを借りているんだよ。ここで撮影やレッスンをするわけじゃないから、広さは必要ないしね」

「あの」と、ふいに声をかけられた。

振り返ると、背後に一人の女性が立っていた。帽子を目深に被っているので顔はよく見えないが、小柄でリュックを背負っている。

「はい？」

「この近くに〈ピケ〉というお店を探しているんですけど、迷ってしまって」

「ああ、それなら」

最近話題の雑貨店だ。人気芸能人がSNSで店を紹介したことから、一時期ファンが押し寄せて、普段は人通りの少ないこの辺りにまで人が溢れていた。今は少し落ち着いたようだが、彼女もその芸能人のファンかもしれない。

十和は道順を伝えた。ところが説明が悪かったのか、彼女は首を傾げて「もしよかったら、お店まで案内してもらえませんか」と言った。

「この辺、道がちょっと入り組んでいてわかりにくいですからね。わかりました、ご案内します。アオイさん、悪いけど先に行っていてくれる？　中に入ったら自販機とベンチがあるからそこで待っていて」

アオイが頷く。

十和は女性を促して来た道を引き返した。横断歩道を渡り、路地に入ったところで、それまで黙ってついて歩いていた女性がふいに口を開いた。

「あの、鈴原トワさんですよね」

「え？」

振り向くと、女性がじっとこちらを睨み付けるようにして立ち止まっていた。低い声で告げてくる。

「森若蓮くんと付き合ってるって本当ですか」

咄嗟にピンときた。同時にしまったと思う。またしても例の週刊誌の記事をうのみにした森若のファンだ。

その件に関しては、すでに双方の事務所が「記事に書いてあるような関係ではなく、仲のいい友人の一人」だと否定している。ネットニュースにもなっていた。この三日ほど十和はそれどころではなかったので、自分の知らないうちに事態は収束しつつあるようだ。

だが、目の前の彼女はそれを知らないのか、十和に尋常ではない憎悪を向けてくる。

帽子の下から覗く目は虚ろで血走っていた。半開きの口が何かぶつぶつと呟いている。

「ち、違います。俺と森若さんはなんの関係もない……」

「だったら、なんでお前が蓮くんのマンションに一緒に帰ってるんだよ！」

急に口調が乱暴なものに変わり、聞く耳を持たない彼女はスカートのポケットから小さな瓶を取り出した。市販の錠剤が入っているような小瓶に、半分ほどの量の透明な液体が入っているのが見て取れた。

十和は咄嗟に息をのむ。あれが水ではないことは明らかだ。目的が十和に危害を加えることなら、十中八九よからぬ薬品に違いない。

女が瓶の蓋に手をかける。

「お、落ち着いてください。本当に彼とはなんでもないんです。全部デタラメで……」

「あんた、オメガでしょ」

ぎくりとした。一瞬ひるんだ十和の態度が、かえって女に確信を与えてしまったらしい。カマをかけられたのだと気づいたが遅かった。女がはっと鼻で笑う。

「ああ、やっぱりそうなんだ？　だからアルファの蓮くんを誘惑して、その上二股とか！　あんた何様だよ」

「は？　え、なんの話をして――」

「しらばっくれんな！　このビッチオメガ」

その時、どこかで自転車の急ブレーキの音が鳴り響いた。女がびくっとする。その一瞬の隙を突いて、十和は彼女の手を捕らえた。素早く瓶を奪う。ところがカッとなった女が力任せに振るった腕が十和の手を弾き、飛び出すようにして瓶が地面に転がった。

しかし女は瓶には目もくれず、隣の飲食店の裏口に置いてあったレンガブロックを拾い上げた。砲丸投げのような体勢で十和に狙いを定める。しかも至近距離な上、思った以上に動作が速い。

「ちょ、それは危ないって」

必死の制止の声を無視して、女がレンガを投げた。

よけるのは難しく、十和は咄嗟に顔の前で腕を交差する。

ガッと鈍い音がした。しかし、衝撃は襲ってこない。

十和は恐る恐る目を開けた。

視界に飛び込んできたのは見覚えのある大きな背中だった。

「……アオイさん?」

「大丈夫か、十和」

アオイがその背に十和をかばうようにして、女との間に立ちはだかっていた。レンガブロックは地面に落ちていた。助けに入ったアオイが自分の顔の前にかざした腕に当たったようだ。

「俺は平気。アオイさんの方が、腕に当たったんじゃ……」

「掠っただけだ。それより——っ」

一瞬目線だけで振り返ったアオイの体が突然ぐらりと傾いだ。女に突き飛ばされたようだ。十和は咄嗟にアオイの背中を抱き留めた。

その間に女が逃げる。ちゃっかり瓶を拾って、脱兎の如く去っていった。

「足速っ。それにしてもアオイさん、なんでこっちに？　事務所にいると思っていたのに」

女が姿を消した方を見やり、アオイが溜め息をついた。

「あの女、駅からずっと俺たちの後ろをついてきていたぞ。店を探していると言っていたが、その割には脇道に逸れたり迷っていたりするそぶりもなく、ただ俺たちから一定の距離を置いて歩いていたから変だと思っていたんだ。後を追いかけてきてよかった」

初耳だった。

「そうだったんだ。全然気がつかなかった」

慣れない人混みの中を移動するだけで精いっぱいだったはずのアオイが、尾行者の存在に気づいていたことも驚きだった。彼が機転をきかせて助けに来てくれたおかげで、十和はまたもや助かった。

「ありがとう。本当にアオイさんは俺の命の恩人だよ。ごめんね、俺のせいでまた怪我させてしまって」

真新しいシャツの袖から覗く逞しい二の腕に赤い血が滲んでいる。掠っただけだと本人が言ったように、まともにレンガを受け止めたわけではなさそうだ。ギリギリでかわしたのか、打撲痕ではなく擦過傷。骨には異常がなさそうだった。

それでも十分に痛そうだと、十和は申し訳ない気持ちでいっぱいになる。そっと指先で赤くなった皮膚を撫でると、アオイがぴくっと筋肉を硬直させた。

「……俺は平気だ。だが、十和に買ってもらったシャツが汚れてしまった」

「そんなの気にしなくていいよ。洗えばいいんだから。それよりここ、血が出てる。痛くない？」

「全然。十和に何もなくてよかった」

ふいにアオイが手を伸ばし、十和の頬に優しく触れた。体温が低めの手のひらで頬を包むようにされて、上を向かされる。間近で目が合い、たちまち心臓が跳ねる。端整な顔がじっと十和を見つめて、「傷をつけられていないな」と、心の底からほっとしたように言った。

「け、怪我しているのはアオイさんだよ。早く事務所に行こう。手当てしないと」

「このくらいの傷なら唾をつけとけば治る」

「何そのおじいちゃんの知恵袋みたいなやつ。ダメだよ、レンガだってその辺に置いてあったものだし、傷口からバイ菌が入ったら大変なんだから」

十和はどさくさに紛れてアオイの手を取る。火照る頬を見られないように、アオイの手を引いて足早に歩いた。


事務所には社長と川瀬がいた。

二人は十和が連れてきたアオイに興味津々だった。

救急箱を借りて十和が手当てをしている間、アオイは質問攻めに遭っていた。

「本当に何も覚えていないのか。それにしても男前だなあ。スカウトしたいなあ」

「このルックスなら一度見たら忘れないはずだけど、見覚えがないわね。何をやっていた人なのかしら。ねえ、芸能界に興味はない？　あなたならすぐに売れるわよ」

「ちょっと、社長も川瀬さんも、あまりぐいぐいこないでくださいよ。アオイさんが困ってます」

「アオイくんっていうのか。本名？」

「社長、さっき名前も覚えていないって言っていたじゃないですか。仮の名前でしょ」

「十和がつけてくれたものだ。気に入っている」

アオイが答える。社長と川瀬が「声までイケメン」と、揃って感嘆の溜め息をついた。

「それにしても、森若ファンには困ったもんだな。まあ、熱愛については向こう側もきっぱり否定しているが、ファンの中には一度思い込むと聞く耳持たずに自分の正義感で突っ走る奴もいるからなあ。一昨日の事件が報道されている中で、まさかこのタイミングでまた十和を襲おうとする奴がいるとは。しばらく気をつけた方がいいな」

十和たちが病院にいる間、事務所はマスコミの対応に追われて大変だったようだ。

「実は、今日二人に来てもらったのは、その件でこんな写真が出回っているみたいでね」

川瀬がタブレット端末を操作して見せてくる。画面に現れたのは、事故現場の画像だった。アオイが十和を抱きかかえるようにして地面に倒れている。画像には『森若蓮と噂の俳優をめぐるライバル、第二の男出現か』と安っぽいタイトルがついていた。

「なんですか、これ」

十和は目をぱちくりとさせた。

「そういえば、さっき絡んできた女性もおかしなことを言っていたんですよ。二股だとかなんとか。なんの話だか意味がわからなかったんですけど……そっか、これを見たのか」

「念のために訊くけど、二人とも付き合っているわけじゃないのよね」

「違いますよ！」

十和は瞬時に首を横に振って否定した。「アオイさんは兄の友人です。あの日もおそらく兄に会いに来るつもりだったんだと思われます。と、刑事さんも仰ってました。兄の性格上、今自分が海外にいることを知らせていなかったんだと思います。そうとは知らず、もしかしたらアオイさん側に急ぎの用事があって、うちを訪ねようとしていたんだけど、その前に俺を助けて事故に遭ったんですよ。さっきも助けてもらったし、俺の命の恩人です」

「でも、今は一緒に住んでいるのよね？」

「記憶が戻るまでは、できるだけサポートしたいと思っています」

「日常生活に支障はないの？」

「それは大丈夫です。記憶がないのは自分に関してだけで、家事能力は抜群なんですよ。掃除も洗濯も料理まで完璧で、バイトから帰ったら家の中がピカピカになっていたんです。ごはんもおいしいし」

「話を聞く限り、十和の方がサポートしてもらっているようだが」

「ボディーガードとしても優秀なようですよ。どうせなら、十和のマネージャーになるのはどうかしら」

川瀬の言葉に、社長が頷く。

「ちょうど人手不足で絶賛募集中なんだよ。マネージャーなら一緒に行動していても怪しまれないし、さっきのネット記事も『実はマネージャーでした』ってことにすれば、みんな納得してそれ以上アオイくんのことに突っ込まないだろ」

「体力には自信がありそうだし、十和の身辺警護も頼めたら助かるんだけど」

「ちょ、ちょっと待ってください」

慌てて十和は口を挟んだ。「急にそんなこと言ったって、アオイさんだって困りますよ。ただでさえ記憶がなくて不安なのに。ねえ、アオイさん。アオイさん……？」

ところがアオイは困惑するどころか、前のめりになって社長と川瀬に訊ねた。

「それは、仕事として俺を雇ってもらえるということだろうか」

「もちろん。少ないけど、給料もちゃんと払うよ」

「やろう。是非十和のマネージャーをやらせてもらいたい。お願いします」

「アオイさん!?」

アオイと社長ががっちり握手を交わすのを、十和は唖然として眺める。「イケメンは目の保養だわ」とうっとりしていた川瀬が、ふと我に返ったように十和に耳打ちしてきた。

「アオイさんはアルファじゃないの？　十和、あなた一緒に暮らして大丈夫なの」

十和は頷いた。「俺は抑制剤を飲んでいますし、今のところ大丈夫です。実はアオイさんに第二性自体の記憶がないらしくて、自分がアルファだという自覚もないようなんですよね。一応俺がオメガだとは話してありますけど、だからどうしたって感じでいまひとつピンときていないみたいで。こっちが気をつけていれば大丈夫かなと思っているんですけど」

「そうなの？　まあ、それならいいんだけど。何かあったらすぐに言いなさいね」

「はい。あ——あの、俺ってオメガっぽいですか」

「え？」と、川瀬が怪訝そうな顔をする。先ほどの女に言われたことが、頭の片隅に引っかかっていた。森若に群がる邪魔な存在として、カマをかけられただけのようだったが、自分の知らない何かそれとわかる特徴が実はあるのかもしれないと心配になる。

「正直、ベータの私には外見での区別がつかないわね。さすがにアルファとなればずば抜けて目立つ容姿をしているからわかるけど。十和がその辺のベータタレントに交じっていても、誰もあなたがオメガだとは気がつかないわよ。何よ、何かあったの？」

十和はかぶりを振った。「いえ、なんでもないです。ちょっと気になっただけで」

「オメガだとあえて公表しているタレントもいるけど、別にそうする義務はないんだし。抑制剤を飲んで自分で管理して、できることはきちんとやっているんだから気にすることはないわよ。でもそうね、万が一のことがあったら困るから、彼にもきちんと説明はしておかないといけないわね」

川瀬がちらっとアオイを見やる。アオイは社長に何やら書類を書かされていた。

「ま、私からそれとなく話しておくわ。そうそう、もう一つ大事な話があるんだった。今日来てもらったのはそっちがメインで仕事の話なんだけど」

「オーディションに落ちた話ではなくて？」

「それはもう終わった話よ、頭を次に切り替えなさい。今回のオーディションは残念だったけど、実は十和に別のドラマ出演の話がきているの」

「え、ドラマ？」

驚いて思わず大きな声が出た。

「端役だけどセリフもあるし、主役との絡みもある。顔を売るチャンスよ」

十和は一気に興奮した。オーディション連敗の自分に降って湧いたチャンスだ。

「はい、頑張ります。なんていうドラマですか」

「現在放送中の話題作、『ミッシング』」

「え？」

咄嗟に聞き返した。目を合わせた川瀬が頷き、言った。

「主演はあの森若蓮よ」

4

ドラマの撮影に参加するのは五度目だった。

過去四回は特に決まったセリフのない役で、学生だったり店の客だったり。話の筋にかかわらない、いわゆるエキストラというやつだ。いずれも放送されたドラマの中ではほんの数秒のシーンで、メインキャストの背景にかろうじて映り込んでいる、注意して見ないとわからないくらいの出番だった。

だが今回は台本をもらい、トータルで二行のセリフが役にあてがわれている。確実に十和の姿が画面に映る。

「……緊張する」

セットが組まれた現場をスタッフがせわしなく行き交う様子を目にしながら、十和は逸る気持ちに体を強張らせた。撮影スタジオの独特の空気感に押し潰されそうになり、スタッフの邪魔にならない隅に寄って何度も台本を見返す。

「十和、大丈夫か。さっきからずっと顔が強張ったままだ」

ふいに頭上に影が差し、隣に立ったアオイが心配そうに言った。ペットボトルの水をキャップを開けて渡してくれる。

「ありがとう。緊張しすぎて喉がカラカラだよ」

水で喉を湿らせると、少し落ち着いた。ふうと息をつき、アオイを見上げる。

「アオイさんはなんていうか、いい意味でいつも通りだよね」

マネージャーとして付き添っているアオイはこれが初めての仕事現場なのに、十和よりも随分と落ち着いていた。むしろ堂々としていて、誰よりもこの場に馴染んでいる。

出かけ際、なぜかブラックスーツにサングラスをかけて部屋から現れた時にはぎょっとしたが、社長から給料を前借りして自分で一式揃えたと聞いて更に驚いた。イメージは十和をあらゆる身の危険から守り抜く鉄壁のボディーガードらしい。そういえば川瀬から借りたというDVDを熱心に見ていた。

この三日間は、十和がバイト先の喫茶店で働いている間、アオイはというと川瀬からマネージャー業の心得をみっちり学んでいたのである。そのかいあって、人混みに流されておろおろしていた頃の彼はもういなかった。この水も、十和が何を言わなくてもアオイが自ら自動販売機で購入してきたものだ。関係者やスタッフへの挨拶も完璧だった。

十和はふふと思い出し笑いをした。

アオイが不思議そうに首を傾げる。「どうした?」

「ああ、いや。スタッフさんたちが、完全にアオイさんのことを出演者側だと勘違いしていたのを思い出して」

十和と一緒に挨拶回りをするアオイを見て、彼らは完全に二人の立場を履き違えていた。アオイが自分は十和のマネージャーだと説明すると、誰もが目をぱちくりとさせていた。

アオイが渋い顔をして言った。

「俺は演技などできない」

「でも、見た目はもう完全にイケメン俳優でしょ。立っているだけで絵になるって、それだけですごい才能だからね。かっこいいもん、アオイさん。羨ましいよ」

「……俺は、十和の方がすごいと思うぞ。川瀬さんから聞いた。小さな芸能事務所だと事務所でのレッスンは行っていないから、自分で探してきた演劇ワークショップに参加して稽古を重ねながら、オーディションを受け続けているって。アルバイトもしつつ、家ではジョギングや筋トレ、発声練習も毎日かかさず努力している。今日の撮影のために、毎晩遅くまで何度も繰り返し練習していただろ」

「ああ、うん。アオイさんを遅くまでセリフ合わせに付き合わせちゃったもんね。ごめんね、ありがとうね」

「いや、俺の方こそ棒読みすぎて役に立たず申し訳なかった。素人ながらに、やはりプロはすごいと思い知らされたんだ。裏での地道な努力を知ると余計に胸を揺さぶられるものがあった。努力に勝るものはない。尊敬する」

真っ直ぐに目を見てそんなふうに言われて、俄に脈が高く打ちだした。それまでの緊張とはまったく違う胸の高鳴りに、十和はむず痒さと困惑の板挟みになる。

「森若さん、入られます」

スタッフの声が聞こえた。ざわつく中、目立つ容姿の男がスタジオに入ってくる。「よろしくお願いします」と挨拶を交わしながら歩く森若が、ふとこちらに目をやった。

「トワ！」

森若が驚いた顔を見せる。急に進路を変えてこちらにやって来た森若に、十和は慌てて姿勢を正すと頭を下げた。

「今回はよろしくお願いします」

「え、トワもこのドラマに出るの？」

きょとんとする彼は今初めて十和の出演を知ったようだった。

「はい。ワンシーンだけですけど、森若さんとの絡みもあります」

「ああ、事件の目撃者の花屋さん。そっか、舞台以来の共演だな。といっても、この前一緒に飲みに行ったけど」

屈託のない笑顔の森若はいつもの気安さで十和の肩を組んで言った。

「そうそう、悪かったな。あの時は家まで送らせちゃった上に、写真まで撮られて。なんかおかしな騒ぎになってたし、一緒に飲み歩いていただけでよくもまあ、あんなスキャンダルをでっち上げられるよなあ。そういや大丈夫だったのか？　事件に巻き込まれて怪我したって聞いたけど」

「お騒がせしました。大丈夫です。怪我したのは俺じゃなくて、俺を助けてくれた方が大変だったんですよ」

「助けてくれた人がいたんだっけ。なんかネット記事になってるのを読んだ気がする。本当に大丈夫かよ。それ、傷痕じゃないの？」

森若が十和の頬を指さした。「え？」と首を傾げると、森若がすぐに手を伸ばしてくる。頬に触れる寸前、森若の動きがぴたっと止まった。急に視界が暗くなったかと思えば、目の前にアオイが立っていた。無表情で森若の腕をぐっと掴んでいる。

「は？　――いっ、痛い痛い。痛いって」

たちまち森若が顔をしかめた。我に返った十和は慌てて止めに入った。

「アオイさん、何やってんの！　放して」

一瞬不満そうにしてみせるアオイが、仕方なしに手をパッと放す。森若は痛そうに手首を振っていた。

「すみません、大丈夫ですか」

「……誰？　この馬鹿力の黒スーツ。トワの知り合い？」

森若が胡散くさそうにアオイを睨み付ける。アオイも無表情を崩さず森若を睨み返す。

一九〇センチ近い長身の二人に挟まれるとものすごい圧迫感だった。おまけにタイプは違うが二人とも息をのむほどの美貌だ。いつの間にか周囲の視線が三人に集中している。

「俺のマネージャーのアオイです」

「マネージャー？　あれ、女の人じゃなかったっけ」

「新しいスタッフが入ったんです。さっき話した、俺を助けてくれた人というのが、このアオイなんですよ」

「……へえ、そうなんだ」

森若が意外そうに言った。十和がすかさず肘でアオイの脇腹をつつくと、意図を読み取ったアオイは打って変わって殊勝な態度で一礼した。

「失礼しました。鈴原トワのマネージャーを務めます、アオイと申します」

「マネージャーっていうより、こっち側の人間っぽいけど。モデルとかやれそう。そっちの仕事に興味はないの？」

「ありませんね。私はトワのマネージャーですから。トワにしか興味はありません」

「ん？」

「あのっ」十和は慌てて二人の間に割って入った。「ト、トイレ。緊張してきて、ちょっとお手洗いに行ってきます。森若さん、今日はよろしくお願いします。一旦、失礼します」

そう告げると、十和はアオイの手を引っ張って急いでスタジオを出た。

「びっくりした。アオイさん、なんで急に話に入ってきたの」

「すまない。なんだか勝手に体が動いてしまって」

アオイも自分でもよくわからないといったふうに首を傾げている。ふと何かに気づいたみたいに十和の顔を覗き込んできた。どきっとする。アオイがそっと指先で十和の頬の表面を軽く摘んだ。

「糸くずがついていただけだ。大丈夫だ、傷痕は残っていない」

「ああ、なんだ」

反射で一瞬詰めた息をほっと吐き出した。

「本当にトイレに行きたくなってきた。急いで行ってくるから、ここで待っていて」

「わかった」と頷いたアオイを残して、十和は小走りに手洗いに向かった。

用を足してスタジオに戻る最中、ふいに話し声が聞こえてきた。

「鈴原トワって、あれだろ。森若のお気に入り」

思わずその場に立ち止まった。通路を曲がった先、男性二人が立ち話をしている。どちらも見たことがある、ドラマの出演者だった。二十代半ばと三十代の若手俳優だ。

「森若さんの口利きで呼ばれたんじゃないんすか。週刊誌にも撮られていたし、否定していたみたいだけど実際はそういう仲ってことでしょ。オメガだって噂もありますよ」

「マジか、あいつオメガなの？　いいよなあ、フェロモンでアルファも仕事も釣り上げちやったってか。ベータにゃ無理な話だ」

「どうせまともな演技なんてできないだろうし、叩かれて終わりでしょ。俳優辞めても番《つがい》って就職先があるから安泰っすね」

耳障りな嘲笑が通路に響き渡る。

番とは、アルファとオメガの間でのみ交わされる特別なパートナー契約のことだ。

ヒート中における性行為の際に、アルファがオメガのうなじを噛むことで成立する。特定のアルファと番になったオメガはフェロモンが変質し、番のアルファしか反応しなくなる。番は本能的な契約といわれ、通常の恋人関係や婚姻関係よりもより強い結び付きとされていた。

十和は俯き、スニーカーの爪先を睨み付けた。落ち着け、気にするな。こぶしを握り締めながら必死に自分に言い聞かせ、深呼吸を繰り返す。

その時、ふいに肩に誰かが手を置いた。十和ははっと顔を上げる。怖い顔をしたアオイの横顔が目の端をよぎった。十和を追い越し、今にも飛びかからんばかりの雰囲気で通路を曲がりかける。

咄嗟に十和はアオイの手を引っ張って制止した。

アオイが振り返る。十和は黙って首を横に振った。アオイが怒気に満ちた顔で言った。

「どうして止めるんだ。あんなデタラメを好き勝手に言って、十和を馬鹿にしている」

「俺は大丈夫だから。ただの雑談だよ、放っておけばいいって。もめ事は起こしたくない」

ぐっと引き留める手に力を込めると、アオイも諦めたように押し黙った。

通路の先、二人の会話はもう次の話題に移っていた。十和ではない別の俳優の噂話だ。

「すぐ戻るから、待っていてって言ったのに。あ、もしかしてスタッフさんに呼ばれた？」

「いや、スタッフではなく森若蓮が捜していた。あの男に見つかると厄介だから、捕まる前に十和を保護しに来た」

「保護って」思わず笑ってしまった。十和は気を取り直すために一つ息をつく。「森若さんは、俺がここにいることをさっき初めて知ったみたいだけど。製作側の思惑としては、俺が今日この現場に呼ばれたのと、たぶん週刊誌の記事がまったく無関係ってことはないんだろうなって、俺も川瀬さんもわかっていたからさ。共演者だってそりゃ気づくし、いい気はしないよね。ドラマの内容とは別の話題で注目されても嫌だろうし」

「だからといって、十和がオメガであることは関係ないだろう。あいつらのしていることはただ十和を侮辱しているだけだ」

川瀬の教育のおかげで、アオイは第二性について一通りの知識を学んでいた。記憶は戻っていないものの、現代社会における第二性のあり方、実際に人々が持っている認識や意識の差など、多少は理解したようだ。

「まあ、そうなんだけど。この業界にはよくある話だよ。表はキラキラして華やかだけど、裏側はドロドロ、嘘や噂が飛び交って足の引っ張り合い。認知度の高い有名人とちょっと仲良くなっただけで、売名行為だって言われる。オメガ云々も単に相手を叩く理由の一つにすぎないんだよ。まあ、言いたい放題言われるのは悔しいけど、言い返せるだけの実力も実績もないんだから仕方ない。見返したいなら、もうるさい外野を黙らせるような演技をすればいいだけの話なんだけどね」

皮肉めいた笑みを浮かべつつも、無意識に唇を噛み締める。

ふいにアオイが覆い被さってきたかと思うと、抱きしめられた。

「え、何……」

びっくりする十和の背中を宥めるように何度も優しくさすってくる。そこで初めて、自分の体が小刻みに震えていることに気がついた。

「大丈夫だ、今日のために何度も練習しただろ。川瀬さんも言っていたぞ。十和はいい演技をするんだから、もっと自信を持てと。ここという時に、いつも一歩引いてしまうところがあるんだそうだ。俺は毎日セリフの練習相手をしながら、十和の演技はとてもいきいきしていて見る者をはっと惹き付ける魅力があると思った。あの通りに本番もやればいい。十和ならできる」

力強い声で励ますように耳もとで言われて、十和はふいに泣きだしそうになった。

「……ありがとう。だいぶ気持ちが落ち着いた。頑張るよ」

「ああ、頑張れ。すぐ傍でしっかり見守っているからな」

想像してふっと笑いが込み上げる。「本当にセットの中に紛れ込んで見ていそうで怖い」

「許されるならそうしたい」

「絶対ダメ。出禁になるよ」

その時、スタッフの声が聞こえた。撮影の準備が整ったようだ。

「行こう」

アオイが十和の背をぽんと押した。体の震えはいつの間にか収まっていた。


撮影は順調に進み、夢中で演技に挑んでいるうちに十和の出番は終わってしまった。

なんと、撮影の最中に監督が指示し、十和のセリフが一つ追加されたのである。その場にとどまったままでの演技から動きが大幅に増えて、このシーンだけで当初の予定よりも随分と変更があった。

十和は慣れない現場に戸惑いつつも、とにかく今出せる自分の全力をもって応えた。

「はい、ＯＫです。……うん。鈴原くん、よかったよ。なかなかいい演技だった。正直、こっちの想像をはるかに上回っていて驚いた。また機会があったら一緒に仕事しよう。今後の成長を楽しみにしているよ」

監督にそう言われた時、跳び上がりたくなるほど嬉しかった。

「はい、よろしくお願いします。ありがとうございました」

休憩中の森若に「お疲れ」と声をかけられた。

「お疲れさまです」

「これで終わり？」

「はい。ありがとうございました。森若さんの演技、間近に拝見できてとても勉強になりました」

森若の人気がその恵まれたルックスだけではない、確かな経験に裏打ちされた高い演技力にあることを改めて気づかされた。舞台とはまた違う森若の魅力ある演技に圧倒されると同時に自分の課題が見えてきた。共演させてもらえたことに感謝する。

「トワこそ、すごかったよ。監督、トワに興味津々だったもんな。よかったじゃんか、気に入られて。また俺とも一緒に仕事しような」

もともと距離感の近い森若が、いつもの調子で十和の肩を組み、頭をぐりぐりと撫で回してきた。こういうところは九十九と似ている。兄にされているようで、くすぐったい気分でされるがままになっていると、突然森若の手がぴたりと止まった。

「うわぁ、現れた」と、頭上で森若が嫌そうな声を聞かせる。

「うちの十和にこういうのはやめていただけますか。またおかしな誤解をされると困りますから」

背後から低いがよく通る声が冷ややかに言った。振り仰ぐと、不快に顔をしかめたアオイが森若の手首をがっちり掴んでいる。

「えー、じゃあ誤解じゃなかったらいいのかな……イタイイタイイタイッ」

「アオイさん！」

慌てて叫ぶと、ぴくっとしたアオイが渋々森若から手を離した。「イッタイなあ、もう。この馬鹿力マネージャーめ」と、森若が手首を振りながら呆れたように溜め息をつく。

「だが、嫌いじゃない。今度飲みに行こうよ」

「お断りします」

「えー、つれないなあ。じゃあ、トワと二人で行くか。ローストビーフのおいしい店を見つけたんだよ。好物だって言ってたよな」

「結構です」

「黒服マネージャーには訊いてない。俺はトワを誘ってんの。なあ、トワ」

森若が十和を抱き寄せる。こめかみにチュッと軽いキスを落とした。直後、アオイの腕が伸びた。だがアオイに捕まる寸前、森若がひらりとかわして逃げる。にやりと笑った。

スタッフの声が森若を呼ぶ。

「じゃ、トワ。また連絡するな。アオイさんもまたね」

ひらひらと手を振って、森若は集団の中に戻っていった。あっけにとられていると、隣からアオイが「もう二度と会いたくない」と、心底嫌そうに言った。

「なんだか、俺の知らないうちにアオイさんと森若さん仲良くなっていない？」

「なっていない！　川瀬さんから要注意人物と聞いていたが、ティッシュペーパーより軽い男だな」

ぶつぶつと言いながら、スーツのポケットからさっとハンカチを取り出す。アオイはそのハンカチで十和のこめかみをごしごしと拭きだした。先ほど森若の唇が触れた場所である。

「十和を守るはずが、とんでもない野獣に食い付かれてしまった。俺のミスだ」

「野獣って」十和は噴き出した。「あんなのはいつもの森若さんのスキンシップだよ。悪ふざけが好きな人だから」

「十和はいつもあの男にこんなことをされているのか。……埃より軽い男め」

ハンカチを擦る手にますます力が入り、さすがに痛くて十和はもういいからと丁重に断った。ハンカチをしまったアオイが、今度は掻き回されて乱れた十和の頭髪をせっせと撫で付けながら言った。

「十和の演技、素晴らしかった。周りで見ていたスタッフさんたちも褒めてくれて、俺まで誇らしかった。練習の成果が存分に発揮できたな」

十和は顔を撥ね上げた。目が合う。自然と笑みが零れた。監督に褒められた時とはまた違う胸の高揚がある。この数日、十和を一番近くで見守ってくれていたアオイの言葉がただただ嬉しくて、努力が報われた気分だった。

よく頑張ったと、ねぎらうように頭を撫でられる。

「——っ、……？」

そんなアオイを上目遣いに見つつ、十和はふと既視感に襲われた。

いつだったか、兄ではない誰かにこんなふうに大きな手のひらで頭を撫でられたことがあった気がする。

いやしかし、その相手が最近知り合ったアオイということはないだろう。ではあれは誰だったのだろうか……？

ふっと一瞬脳裏をよぎった残像のようなその既視感は、靄を払って明度を上げようと意識した途端にあっけなく霧散してしまった。

「どうした？」

「あ、ううん。なんでもない。ここにいると邪魔になるから出ようか」

スタジオを出て控室に向かっていると、アオイのスマホの着信音が鳴った。

会社から支給されたものである。四六時中べったりくっついているわけにはいかず、アオイと連絡を取るためにも早々にスマホを持たせたいと考えていたから助かった。

「川瀬さんからだ。先に行っててくれ」

「うん、わかった」

すっかりマネージャー業が板についている。川瀬の話によると、のみ込みが早く仕事も丁寧で早いので、いい人材を手に入れたと社長とともに喜んでいるという。先ほどのアオイの話ではないが、十和もアオイが他人から褒められるとなぜだか我がことのように嬉しくなってしまう。

「アオイさんって、世話焼きなところがあるもんな。気配りはできるし、頭の回転も速そうだし、マネージャー業は向いていそうだけど、あのルックスは裏方にしとくにはやっぱりもったいないよな……」

独りごちながら歩いていると、ふいに独特の甘い香りがした。

熟れきった果実のような濃密なにおい。むせ返るほどにどろりと甘く蠱惑的な香りに脳がくらくらとする。

すぐにそれがオメガの発情フェロモンだと理解した。

普通、抑制剤を服用していればここまで露骨ににおい立つフェロモンは発しない。同じオメガでも他人のフェロモンを感知することはほとんどない。ただし、なんらかの理由で抑制剤を使用しなかった場合、発情期が訪れたオメガはこんなふうにフェロモンを全身から放つようになる。

十和は急いで辺りを見回した。

ほとんどのスタッフが撮影中のスタジオにいるので、スタジオから離れたこの通路に人けがないのは幸いだった。

オメガのフェロモンは同じオメガ性やほとんどのベータ性の人間には影響がない。だがアルファ性は別だ。アルファはオメガのフェロモンに抗えない。

ここは撮影スタジオである。芸能人も多く出入りしているし、たまたま通りかかったアルファがこのにおいを嗅ぎつけたらことだ。

においを辿って、十和はある部屋のドアの前に立った。

間違いない。ここからにおいが漏れ出している。

ノックをするが返事がない。

「失礼します。入りますよ」

十和はドアを開けた。そこは荷物置き場になっているのか、ものが詰まった段ボール箱が雑多に積み上げられていた。衣装を吊るしたハンガーラックもある。

いくつかあるハンガーラックの一番奥で、何かが動くのが見えた。

十和は急いで段ボール箱の障害を越えて、衣装を掻き分ける。

しゃがみ込んでいた若い女性がびくっと大きく全身を震わせた。撮影スタッフの一人だろう。必死に口もとを押さえていたが、ふーふーと苦しげに喘ぐ声が漏れ聞こえてくる。

目はとろんと熱を帯びて涙を溜めていた。

「大丈夫ですか」

「……ひっ、アルファ……っ」

女性が怯えきった表情で首を横に振る。

「やっ、こ、こないで……！」

どう見ても十和の容姿はアルファのものとはかけ離れているが、もうそれすらも判断できないほど彼女の思考力は麻痺しているようだった。ヒートのせいでひどく混乱しているのだろう、フェロモンを嗅ぎつけた十和をアルファと勘違いしているのだ。

「アルファじゃありません。俺はオメガです。落ち着いてください。あなたもオメガですよね。抑制剤を飲んでいないんですか」

震えている彼女がようやくその涙目でこちらを見た。十和は頷き、返事を促す。彼女が泣きじゃくりながら言った。

「まだ、次のヒートまで、だいぶ先なのに……急に体が……、薬、持って、なくて……」

「ああ、そうなんですね。ストレスとか環境の変化とかで、時々そんなふうに周期が大幅に乱れることがあるらしいです。俺、抑制剤を持っているんで、すぐ取ってきます。ここで待っていてください――」

ガタンと背後で物音がした。はっと振り返ると、戸口に人影が見えた。

十和は急いで彼女を衣装で隠すと、警戒しながら段ボール箱の山の間から覗き見た。

「アオイさん？」

ドア枠にもたれかかるようにして立っていたのはアオイだった。様子がおかしい。瞬時に状況を把握して、十和は青褪めた。

「すぐにこの部屋から出て！　早く」

段ボール箱に体当たりしながら転がるようにして戸口に駆け戻り、急いでアオイを部屋から連れ出す。

はあはあと荒い呼吸を繰り返すアオイの目はすでに熱っぽく潤んでいた。アルファの性がオメガのフェロモンに反応したのだ。

幸い、すぐに部屋から離れたので、アオイはフェロモンの影響をそれほど受けずにほどなく自分を取り戻した。

「大丈夫？　動けそう？」

「……ああ、もう平気だ。なんだったんだ、今のは」

「よかった。説明は後でするから。それより急いでいるんだ、控室から俺の鞄を取ってきてくれないかな。俺はここで人が来ないように見張っているから」

何がなんだかわからないといったふうだったが、アオイはわかったと、十和の要求通りすぐさま控室に走った。

間もなくしてアオイが戻ってくる。鞄を受け取り、アオイにはこれ以上は絶対に近づかないように告げて、十和は彼女の待つ部屋に戻った。

ハンガーラックにしがみ付き、耐えがたい体の疼きに身悶えていた彼女に手持ちの錠剤を飲ませる。最近発売された話題の抑制剤で、即効性があると評判のものだが、彼女の体質にも合ったようだ。

服用してすぐに乱れた呼吸が静まり、徐々に落ち着きを見せ始めた。

「気分はどうですか？」

「はい」彼女が汗まみれの顔を上げて、ほっとしたように頷いた。「よくなりました。ありがとうございました。本当に助かりました」

「よかった。気をつけてくださいね。仕事柄、不規則な生活になることが多いだろうし、薬は持ち歩いていた方がいいですよ。これ、よかったら差し上げます。俺は今朝飲んできたし、昨日買い溜めしたばかりなのでもらってください」

「ありがとうございます」と、彼女は涙を浮かべて礼を言った。

念のため、鞄から専用の消臭スプレーを取り出して室内に吹きかける。彼女も落ち着いたし、これでフェロモンのにおいは消えるだろう。

仕事に戻る彼女と別れて、十和も控室に急いだ。

足早に通路を歩く途中、ふいに誰かに腕を引っ張られた。振り返ると同時に、通路脇に引きずり込まれる。視界が突然暗くなった。

物陰で死角になる場所、目の前にはスーツ越しにもわかる引き締まった胸板があった。顔の両脇には腕。十和の背を壁に押し付けて、アオイが囲い込むように立っている。

「……アオイさん、こんなところにいたんだ。控室に戻っているかと……アオイさん？」

様子がおかしいことに気づいて、十和は俯き加減のアオイの顔を覗き込んだ。

低く、荒い呼吸音。こめかみに汗が浮き、目も虚ろだ。

「アオイさん、どうしたの」

「……十和、さっきからなんだかおかしい。体が熱くて――」

どろりと蕩けそうな目に見つめられて、十和は思わず息をのんだ。

「もしかしたら、さっきのフェロモンの影響がまだ残っているのかも」

ヒートのオメガに対して、アルファが急性的に発情することをラットという。アルファ用の抑制剤も開発されており、オメガ同様にあらかじめ抑制剤を飲んで自己管理をするアルファは多いと聞く。双方が気をつけることでフェロモンによる事故や事件を防ぐことが可能になるのだ。

だが、オメガ用の抑制剤は携帯していても、さすがに十和もアルファ用のものは持っていない。

おそらく先ほどの彼女のフェロモンにあてられて、一時的にラット状態に陥ったのだろう。時間が経てば落ち着くと思うのだが、自分の体に起こった変化が理解できず、ただ苦しそうに喘ぐアオイが気の毒だった。普段の十和なら、まずこの状態のアルファに出くわしたら絶対に近づかない。死に物狂いでその場から逃げるだろう。それが自分のヒートが原因でなくとも、発情して理性の崩壊したアルファにオメガだと知られたら何をされるかわからないからだ。

だが、不思議とアオイに対してはその恐怖感がなかった。見た目に反して、中身は第二性の知識を得たばかりの子どもと同じ認識程度しかないと知っているせいだろう。自分の身の危険よりも、庇護欲が勝った。ふうふうと浅い呼吸を繰り返すアオイの広い背に思わず手を回し、宥めるようにさする。どうすればアオイをこの状態から楽にしてやれるだろうか。

「十和……」

耳もとで情欲に掠れた声で囁かれて、ぞくっと背筋が甘く震えた。

「十和はとても不思議なにおいがする」

「に、におい？　でも俺、今はヒート状態じゃないよ。抑制剤も飲んでいるし」

先ほどの女性のフェロモンが衣服に染み付いてしまったのだろうか。自分にも消臭スプレーを吹きかけるべきだったか。

頭上からますます呼吸を荒らげたアオイが言った。

「嗅いだことのないにおいだ……もっと、もっとほしくなる甘くて刺激的なにおい……」

必死に欲に耐えるように伏せていた顔を、アオイがふいに持ち上げた。チリッと火花が散るように間近で視線が絡み合う。凶暴な欲望の色に染まった瞳がぎらっと煌めいた。次の瞬間、覆い被さってきたアオイの唇が十和のそれを噛み付くようにして塞ぐ。

「……んんっ」

早急に歯列を割って肉厚の舌が入ってきた。縦横無尽に口内を掻き回される。

脳が爛れたように熱く痺れ、すぐに何も考えられなくなった。

正気だった十和の理性を根こそぎ奪うみたいな濃厚なくちづけに、いつしか十和も夢中になって自ら舌を絡ませる。貪欲にキスを交わす。

淫靡な空気を切り裂くようにして、ふいに鳴り響いたスマホの着信音で我に返るまで、それは続いた。

# 5

翌日、新ドラマのキャストオーディションの最終審査を終えて会場を後にすると、アオイが待っていた。

いつもの黒スーツを目にしてほっとする。昨日はあの後、アオイは川瀬に電話で呼び出されて事務所に向かったのだ。十和はバイトのシフトが入っていたので予定通り喫茶店で働いた。しかし、夜になってもアオイと連絡が取れず、ようやくメッセージが送られてきたと思ったら、仕事で今夜は帰れないというものだった。

互いに居たたまれないまま、話す暇もなくそれぞれ仕事に向かったため、後になって気まずさが込み上げてきた。アオイもきっと混乱の中にいたに違いない。キスの後、我に返ったアオイの戸惑いぶりは相当なもので、自分の身に何が起きたのか理解できず茫然としていた。川瀬の電話に救われたとばかりに、十和から逃げるようにして行ってしまったのである。何か十和が悪いことをした気分だった。

その後、十和は今日のオーディションに集中することで一旦思考を切り替えたが、オーディションを終えた瞬間から、考えていたのはアオイのことだった。

まさか、このまま帰ってこないなんてことはないよな……？

そんなふうに悶々と考えていたところである。建物のエントランスを出て、住宅が並ぶ風景から妙に浮いているスタイル抜群のブラックスーツが目に入った途端、思わず自分でもわかるほど頬が緩んだ。

すぐさま駆け寄った十和を、アオイが何か眩しいものを見るように目を眇めて言った。

「どうだった」

「うーん、監督さんの反応はよかった気がするんだけど……どうかな。最終に残った中に青柳喬也《あおやぎたかや》と陵木瑠河《おかぎるか》がいたんだよね」

「ああ、最近露出が増えている若手俳優だな。青柳の方は——確か、昨年出演した特撮もので一気にブレイクしたんだったか。陵木は飲料水のCMで話題になった」

アオイがこの短期間に詰め込んだ情報を的確に記憶の引き出しから引っ張り出す。勉強熱心な彼は、まったく未知の分野だった芸能界の最新情報までをいつの間にか頭に叩き込んでいて、十和の方が驚かされる。

「話題性で言うと、あの二人が有力候補かな」

「そうか？　演技力は十和も負けていないと思うぞ」

アオイが本気の口調で言った。その世辞は一切ない言葉が嬉しい。

「ありがとう。受かったらいいけどなあ」

「受かるさ。俺が審査員だったら部屋に入ってきた時点で迷わず十和を推す」

「演技も見ずに？」

「オーラでわかる。もはや尊い」

「身内の欲目がひどい！　もうファン目線……ていうか、どこで覚えたんだよその言葉」

十和は思わず噴き出した。アオイが真顔で「ファンだからな」と、自分で納得したように頷く。

よかった、いつものアオイだ。十和は内心ほっと安堵した。

背後から何かが近づいてくる気配がした。振り返ろうとした途端、アオイが十和の肩を抱き、自分の方に引き寄せた。直後、すぐ横を自転車がスピードを落とさずに走り抜ける。

「危ないな。引っ張ってしまったが痛くなかったか」

「うん、ありがとう」

見上げると目が合った。その瞬間、アオイがパッと手を離した。「悪い」と、すぐさま十和と距離を取ろうとする。

先ほどよりも更に離れた場所に立ち、アオイが気まずげに押し黙った。二人の間を埋めるように沈黙が横たわる。

居たたまれない空気の中、意を決したようにアオイが言った。

「昨日のあのことだが——本当にすまなかった」

突然頭を下げられて、十和は面食らった。脳裏に記憶が蘇り、俄に顔を熱くしながら首を横に振った。

「えっ、ううん。謝らなくてもいいよ。あれはアオイさんのせいじゃないし、あの場合は仕方のない反応だったんだから」

スタッフの女性にオメガがいたことも十和たちは知らなかった。おそらく彼女も周囲には隠していたのだろう。オメガが故意に抑制剤を服用せずにアルファを誘惑することは、法律上禁止されている。場合によっては罪に問われることもあるのだ。彼女が意図的にやったことではないのはわかっていたが、実際アオイがオメガのフェロモン被害を受けたことには変わりない。十分な知識がないまま巻き込まれたアオイに同情すらしてしまう。一方で、発情したアオイが彼女を襲わなくてよかったと心底思った。

アオイが思い詰めたような表情で言った。

「あれからいろいろと調べて、自分の体に起こった異変がなんだったのか少しは理解できた。川瀬さんからもレクチャーは受けていたんだが、実際経験してみて初めて自分の力ではどうしようもできないアルファの性というものを知った。十和に無理やりあんなことをして、嫌われても仕方ない。本当に申し訳なかった。今日はきちんと薬を飲んできたから安心してくれ。だが、これ以上俺と一緒に住むのは十和も嫌だろうから、今後しばらくは事務所に泊まらせてもらうつもりだ。社長に今から相談して――」

「いや、ちょっと待ってよ」と、焦った十和は咄嗟に言葉を遮った。

「昨日のあれは、本当にアオイさんのせいじゃないから。全然気にしなくていいんだよ」

「いや、しかし、俺はもしかしたら以前も十和に……」

「え？」

聞き返すと、アオイが困惑気味に押し黙った。何か言いたいことはあるがどう言っていいのかわからない。そんな様子でしきりに視線を宙に泳がせる。

十和はまたアオイが勘違いなことを言い出す前に、先手を打った。

「とにかく、俺はアオイさんと一緒に住むのは嫌じゃないし、この先もうちから出ていく必要はないよ。記憶が戻って自分のことを思い出したっていうのなら別だけど、今のアオイさんが帰る場所は俺と一緒に暮らしているあの家だよ。俺がアオイさんの身元引受人なんだから。兄ちゃんから連絡があるかもしれないし、俺がアオイさんを嫌うわけないし、うちを出ていく理由はないでしょ」

息巻いて言うと、アオイが面食らったように目を見開いた。

「そうか」戸惑いがちに唇の端を引き上げて言った。「ありがとう。迷惑をかけるが、もう少し世話になる」

「……迷惑なんかじゃないから」

なんとも言えない歯痒さが込み上げてくる。

どちらからともなく歩きだし、考えあぐねる二人の間に気まずい沈黙が横たわる。

横断歩道に差しかかり、浴衣を着た女の子たちを見かけた。

そういえばと思い出す。今日は近くの神社で秋祭りが行われるはずだ。オーディション会場に向かう途中、張り紙を目にした。

「もうこの後の予定は何もないよね。アオイさんは？　事務所に戻らないといけない？」

「俺も今日は直帰していいと言われている。マンションを出ていく前にスーパーに寄って、当面の食材を買って十和の家の冷蔵庫を満たしておくつもりだったが」

「じゃあ、この先も同居は続行ってことでその買い物は必要なくなったわけだから、今からちょっと付き合ってよ」

「え？　おい、どこに行くんだ。そっちは駅とは反対だぞ」

困惑するアオイの手を引いて、十和は神社のある方角へ歩きだす。

すぐに賑やかな声が聞こえてきた。浴衣姿もちらほらと目につくようになってきた。甚平に鉢巻きをした男の集団がテントを張っている。

十月も半ばだが残暑が厳しく、日中はまだ汗ばむほどに暑い。夕方になっても人の熱気のせいか蒸し暑く、十和も重ね着をしていたシャツを脱いでTシャツになった。

目の前を半袖短パンの男の子たちが元気に走ってゆく。ずらっと軒を連ねた露店が見えてきた。

アオイが物珍しそうに辺りを見回しながら言った。「祭りか？」

「そう」十和は頷く。「今日は秋祭りなんだって。何年か前もお祭りの日に偶然この辺りを通ったんだよね。ここの神社は夏祭りよりも秋祭りの方が有名で、縁日には露店がたくさん出て賑わうんだって聞いたのを思い出した。せっかくだし、寄っていこうよ」

学校帰りの制服の子たちに交じって露店を冷やかして歩く。

賑やかな祭りの雰囲気に心が浮き立つ。

「アオイさんはお祭りに参加した記憶ってあるの？」

「どうだろう。はっきりした記憶は思い出せないが、この露店が並ぶ景色は知っているから過去には何かしら祭りを経験しているんだと思う。このわくわくする感じはなんだか懐かしい」

表情はクールだが楽しんでいるようだ。

「射的だって。アオイさん、やっていこうよ」

子どもたちが溜まっている屋台が目について、十和はアオイを誘った。

「久しぶりだな。あっ、ポンスケのアクスタがある」

「ポンスケ？」と、アオイが首を捻る。

景品の列を指さすと、アオイがああと頷いた。ＳＮＳから火がついた最近人気の漫画キャラクターだ。ほのぼのとしたかわいいキャラクターたちが繰り広げる、シュールな会話と衝撃的なストーリー展開が話題で社会現象にもなった。子どもから大人まで注目を集める大人気コンテンツだ。

主役のタヌキのようなキャラクター、ポンスケのアクリルスタンドを見つけて、十和はテンションが上がった。

「そうか、十和はあれが好きだったな」

「あれ？　俺、そんな話をしたっけ？」

目を合わせて、アオイが小首を傾げた。

「……いや、話はしていないかもしれない。だが、十和の部屋にはあのキャラクターのグッズがたくさん飾ってあるだろ。ほら、俺にもこれをくれたから」

アオイがスーツのポケットから取り出したのは、ポンスケのイラストがついたコインケースだった。ポケットに小銭をそのまま入れて出し入れしていたので、とりあえずこれに入れておくようにと十和があげたものである。

きちんとした財布を持たせなきゃなと思いつつ、アオイのようなスーツの似合う大人の男がかわいらしいコインケースを持っているのは、これはこれでギャップがあっていい。

「そうなんだよね。この子たちを見ていると癒やされるから、ついつい集めちゃうんだよ。あのアクスタもかわいい。ちょっと本気で狙おう」

十和は露店の店主に料金を払ってコルク銃と弾を受け取る。真剣にポンスケを狙って撃った。ところが弾はまったく的外れなところにばかり飛んでいく。五発すべて空振りに終わった。

「全然ダメだ。難しいな」

諦めきれず、料金を払って再挑戦する。撃ち落としたのはなぜか、その下段にあったキツネの面だった。がっかりする。

「おめでとう」と、店主からキツネの面を受け取ったその時、「おおっ」と隣で声が上がった。

見ると、いつの間にかアオイが銃を構えていた。上段に置いてあるアクリルスタンドの箱が動き、位置が随分と下がっている。

十和は急いでアオイの横に戻ると、周囲と一体となって応援する。

「あと少しで落ちそう。アオイさん、頑張って」

アオイがちらとこちらを向いた。頷き、銃を構え直す。

次の一発を撃った。コルクは狙い通りに飛んでいき、正確に的を弾く。だが揺れたもののなかなか倒れない。十和も応援に熱が入る。最後の弾を銃に詰めて、アオイが撃った。

弾はアクリルスタンドに命中し、箱がぐらりと傾いだかと思うと段から落ちた。

「おおっ」「すごーい！」と拍手が沸いた。

「やった！」

十和も興奮して声を上げる。アオイが驚いたような顔をして振り向く。目が合って、十和は思わず手を掲げた。気づいたアオイも自分の手を合わせる。パンッとハイタッチを交わした。互いに笑みが零れた。

「すごいよ、アオイさん。俺なんて十発撃って、当たったのこのお面だよ」

プラスチックの狐面は祭りらしい一品とはいえ、コレジャナイ感が否めない。面を被って不満げに言うと、アオイがおかしそうに笑いながら獲ったばかりの景品を差し出した。

「意外と似合っているけどな。じゃあ、これと交換しよう」

「え、いいの?」

「もともと十和のために狙ったんだ。落とせたのは運がよかったな。射的なんて随分と久しぶりだったから」

「前に射的をやったことを思い出したの?」

咄嗟に聞き返すと、アオイが首を傾げた。

「ああ、そうなんだ。銃を持った時に、ちらっと一瞬脳裏に記憶の断片らしきものが浮かんだんだ。過去にやったことがあるんだと思う。射的のルールもコルクの詰め方も知っていた。だが、最近の記憶ではないんだろうな。なんだか懐かしい感じがしたから」

「そっか。過去の経験を繰り返したことで当時の記憶が蘇ったのかな。この調子で少しずつ記憶が戻ってくるかも。お祭りに寄ってみてよかったね。一歩前進だよ」

十和が笑顔で言うと、アオイもふっと目尻を下げて微笑んだ。

「よかった、ようやくアオイさんの笑った顔が見れた」
「え？」と、アオイが問い返す。
「昨日からずっと思い詰めたような顔をしていたから」
アオイが軽く目を瞠った。何か言いたげに十和を見つめてくる。目を逸らせずにいると、走ってきた子どもにぶつかられた。参道で立ち止まっていては迷惑になる。

ふいにアオイに手を握られた。突然のことに心臓がどきっと跳ねた。アオイが人混みの外を指さし、「あっちに行こう」と促してくる。十和は慌てて頷いた。

参道から逸れて脇の暗がりに移動する。

露店に夢中になっているうちに、いつの間にか日が落ちていた。

石段を見つけて腰を下ろした。ちょっと待っていてくれとなぜかアオイが一人でどこかに行ってしまう。しばらくしてラムネの瓶を二本持って戻ってきた。

一本を十和に差し出してくる。「ありがとう」十和は受け取った。氷水の中に浸かっていたものでキンキンに冷えている。

アオイがコインケースをスーツのポケットにしまい、十和の隣に座った。

ラムネの栓を開ける。シュワッと泡が溢れ出て、急いで口をつけて啜った。冷たいラムネが渇いた喉を潤す。ころんと瓶の中に落ちたビー玉を見ると、蒸し暑さがすうっと引いて、涼しくなったように感じられた。

アオイも瓶を傾けて、ごくごくと逞しい喉仏を上下させている。

「本当はもう一つ、思い出したことがあるんだ」

半分ほど飲んだところで、アオイが唐突に切り出した。

「思い出したって、過去の記憶を？」

アオイが頷く。「昨日の、あのことの後なんだが――」

「あのこと」と言葉を濁したそれが、何を指すのかはすぐに察した。十和も思い出し、俄に頬を熱くする。

「以前、十和が記憶をなくした俺に、事故に遭う前に会ったのを覚えていないかと訊いたことがあったが、覚えているか？」

「え？」十和は思考をめぐらせた。

そういえば、彼が本当に記憶を失っているのか、念のために確認するようなことを問いかけたかもしれない。

「十和はなんでもないとすぐにはぐらかしたが、あれからずっとあの言葉が引っかかっていたんだ。それが昨日、ふいにあの時の記憶が蘇ってきて……その、俺は以前にも十和に昨日のようなことをしたんじゃないか」

十和はぎくりとした。

「――あっ、いや、えっと、その、あれは、なんていうか……」

焦ってしどろもどろになる十和の反応で、それが事実だと悟ったのだろう。アオイは「やっぱり」と頷き、十和に向き直ると確信を持った口ぶりで言った。

「もしかして、俺たちはその……恋人同士だったんじゃないのか？」

「へっ？」

思わず間抜けな声が口をついて出た。きょとんとする十和を、アオイが真剣な表情で見つめてくる。

「いや、いやいや。違うよ」

ぶんぶんと首を横に振った。

「俺たちはそんな関係じゃなくて。だって、会ったのはあの時が初めてだから」

「初めて会った十和に、俺はあんなことをしたのか」

アオイがさあっと青褪める。

「いや、えっと、あれには事情があって。実はあの時、アオイさんと出会ったタイミングで、どういうわけか俺にいきなりヒートの兆候が表れたんだよ。それでその、俺のフェロモンのせいでアオイさんまで興奮状態に陥って……二人とも正常な判断ができない状態だったから、あれも昨日と同じ、事故みたいなものだったんだ」

だから気にしなくていい。十和は落ち込むアオイにそう告げた。

昨日記憶の一部を取り戻したということは、あれから一日中アオイはずっとそのことについて考えていたのだろうか。

「俺は、十和に嫌な思いをさせていないだろうか」

アオイが申し訳なさそうに言った。

「ううん」十和はすぐさまかぶりを振った。「俺は全然嫌な思いなんてしていないから。本当に気にしなくていい」

一度目は十和も突き上げてくるような欲望に任せて、我を失い相手を求めた。相手がどういう人間なのか正直どうでもよかった。だが昨日は、発情するアオイを知って自ら受け止めた気がする。嫌な気分は微塵もしなかった。苦しむアオイを楽にさせてやりたいと思う気持ちとは別に、何かもっと利己的な意思があったように思う。

ふっと蘇った唇の感触に、十和は顔を熱くして急いでそこに瓶の口を押し当てた。

アオイが複雑に表情を歪めて、遠慮がちに訊いてきた。

「十和はこれまでにもああいったことはあったのか。見ず知らずのアルファとその、ああいうことをしたり……」

「それはない」きっぱりと否定した。誤解されては困る。

「外出する時は薬を飲むようにしているし、あの日もちゃんと飲んでいたんだ。だから、どうしてあんなふうになったのか、俺自身もよくわからなくて。それまでは、アルファと会ったり、接触したりしても特に何も起こらなかったのに、体が突然あんな反応を示したのはあの時が初めてだったから、本当にびっくりした。アオイさんも昨日、同じような経験をしたでしょ。いきなり自分の体がコントロールできなくなるほどの強い衝動が込み上げてくる感じ」

「……そうだな。自分が自分でなくなるような感覚は恐ろしかった」

アオイが開いた自分の両手をじっと見つめる。

「だが、あの女性のフェロモンに惑わされたというよりは、どちらかというと十和のにおいに惹かれて我慢がきかなかったような気がする」

「うん？」

飲み干したラムネの瓶の中央で、ビー玉がからんと涼やかな音を鳴らした。

「十和からはとても不思議なにおいがする。昨日のオメガ女性のフェロモンとは全然違うにおいだ。今も十和から漂ってくる。やわらかで、包み込むような、嗅いでいるととても心地がいい、甘いにおい。少し離れた場所にいてもにおいで十和だとわかる。アルファというのは嗅覚が鋭いのだろうか」

「……さ、さあ、どうなのかな。嗅覚のことは初めて聞いたけど」

「そうか」と、アオイが一度首を傾げて腰を上げた。空になった瓶を受け取り、「捨ててくる」とゴミ箱を探しに行った。

アオイの姿が人混みに消えた途端、心臓が急速に高鳴りだすのがわかった。

自分のにおいのことはよくわからないが、アオイの言い方だとなんだか自分が彼にとって特別なものだと言われているようで、ドキドキした。

十和の頭にふといつか耳にした話が蘇った。確か森若から聞いたのだ。アルファはオメガのフェロモンに敏感だが、性欲を刺激するフェロモンとは別に、ある特別なにおいを嗅ぎ分けることができるのだと。それはアルファにとって相性百パーセントの、この世に存在するたった一人のオメガが放つフェロモンであり、すなわち、運命の番のにおいなのだという。

アオイが感じ取った十和のにおいというのは、ひょっとして――。

「……いやいや、まさかね」

脳裏に浮かんだ考えを、十和は急いで打ち消した。運命の番なんて、都市伝説のようなものだ。相性百パーセントの相手になど、そうそう出会えるはずがない。そもそもそんな奇跡の相手がこの世に存在しているかも定かではないのに。

戻ってきたアオイと再び露店を冷やかして回る。

絵馬を書くコーナーがあった。

「アオイさん、あれ書いていこうよ」

一枚ずつ絵馬をもらい、十和は置いてあったサインペンを取ってアオイに渡した。互いに集中して願い事を書いていると、「おー、すげー」と、甲高い子どもたちの声が聞こえてきた。

見ると、折り畳み式テーブルの隅でアオイが子どもたちに囲まれていた。何が起こっているのかとそちらに移動すると、子どもたちが「次、俺の。これ描いてみてよ」と、アオイに自分のスマホを見せながら催促している。

小学生に渡された絵馬に、アオイはサインペンでささっと頼まれたアニメのキャラクターを描いてみせた。

それが下絵もなしにものの一分で描いたとは思えない出来栄えで、後ろから首を伸ばして覗き込んでいた十和は子どもたちと一緒になって驚いた。

「おじさん、チョー上手いじゃん！」

「ねえねえ、おじさん。こっちにも描いてよ」

「おじさん……？」

「次は私。かっこいいおじさん、ポンスケ描いて。さっきおじさんが自分の絵馬に描いてたやつ」

「ポンスケが好きなのか。そうか、俺も好きなんだ。ポンスケのコインケースも持っているぞ」

「えーいいなー、おじさん」

アオイはなぜか嬉しそうにペンを動かし、次々と子どもたちのリクエストに応えてイラストを描いていく。とてもかわいいポンスケの絵馬を女の子が嬉しそうに掲げているのを見て、ちょっと羨ましくなった。

「俺にも描いてよ、アオイおじさん」

子どもが引けた隙に十和は絵馬を差し出した。アオイがはっと顔を上げる。

「アオイさんって絵も上手だったんだね。子どもたちにも大人気。意外な特技にちょっとびっくりしているんだけど」

アオイが照れくさそうに笑った。

「俺もよくわからないんだが、手が勝手に動くんだ。どうやらこういう作業が好きらしい」

「好きってレベルじゃないくらい上手だよ。ねえ、俺にも描いてよ」

「何を描けばいい？」

「ポンスケ」

アオイが小さく噴き出す。「だと思った。了解」

馬の絵が描いてある面をひっくり返して、アオイが思わずといったふうに手を止めた。

「十和は優しいな」

ふわりと顔をほころばせて、願い事の横にイラストを描き添える。

〈アオイさんの記憶がすべて無事に戻りますように〉

横に設置された絵馬掛け所に、十和は絵馬を吊るした。

アオイもすでに書き上げていた絵馬を持って隣に立つ。同じポンスケのイラストが描かれた絵馬を見て、十和は自然と笑みが零れた。

「どっちが優しいんだか」

独りごちた途端、なぜだか脈拍が高く打ちだした。どきんどきんと動悸が速まり、顔が火照るのを感じて懸命に手団扇で風を送る。

「どうした？」

「え？　あ、ううん。なんか暑くて。あっ、あっちにかき氷がある。食べない？」

きっと自分の顔は不自然に赤く染まっているに違いない。赤面を隠すために、十和は誘導するふりをしてアオイの一歩先を歩いた。

6

アオイがマネージャーになって一月近くが経った。

相変わらず九十九からは音沙汰なしで、警察からももう完全に忘れ去られているのではないかと疑うほど一切の連絡がない。十和自身、アオイとの生活が当たり前になって、彼が記憶を失っていることを忘れそうになるくらいだった。

その日は本業のスケジュールはなく、朝から喫茶店のシフトに入っていた。十八時になり、バイトを早めに上がらせてもらって、事務所に向かった。仕事のことで話があると川瀬に呼び出されたのである。

事務所のドアを開けると、なぜかエプロンをしたアオイに出迎えられた。

「……何してるの？」

思わず訊ねると、アオイは「料理を作っていた」と当たり前のように答えた。

パーティションで仕切られた応接スペースには社長と川瀬、男性スタッフの伊野塚《いのづか》が座っていた。テーブルの上には作りたての料理が所狭しと並んでいる。

「お疲れさまです。どうしたんですか、このご馳走」

戸惑いがちに挨拶をすると、「待っていたのよ」と川瀬が言った。

「すごいでしょ。アオイさんが自ら腕を振るってくれるって言うから任せたら、なんとこんな素敵なことに！　でも、メインはトワが来てからだって、アオイさんが出してくれないのよ。においだけ嗅がされるなんて拷問だわ、もうおなかがペコペコよ。ほら、早く座って」

急かされて、空いている席に十和は腰を下ろした。

以前から月に一度ほどの割合で、社長を含めた事務所のスタッフと一緒に食事をするのが恒例行事になっている。アットホームな芸能事務所と言えば聞こえはいいが、仕事がないタレントの方向性や売り出し方について話し合う場でもあるのだ。

少し前まではここにもう一人、食事会に常連だったタレントがいた。三歳年上の彼は下積みが長く、オーディションに落ち続けている者同士、十和ともよく顔を合わせていたのだ。ところが、昨年出演した朝の連続ドラマでの好演が話題になり、一気に大ブレイクしたのである。今年に入ると忙しすぎて暇がないのか、事務所にはほとんど顔を出さなくなっていた。

彼が売れて嬉しい反面、自分も頑張らなければと焦りが募る。

アオイが料理を運んできた。テーブルに置かれたメイン料理を前に、川瀬がキャーッと興奮気味に叫ぶ。

「ローストビーフです。このソースをかけて食べてください」

絶妙な火加減で仕上げた美しい薔薇色のローストビーフに、全員が感嘆の息を漏らした。なんのお祝いだと言わんばかりの豪華さだ。

「まさか、この事務所で手作りのローストビーフが食べられるなんて夢みたいだわ」

川瀬が感極まった声を上げる。社長と伊野塚もテーブルの料理とエプロン姿のアオイを交互に見ながらほうと惚けた溜め息をつく。

「本当にマネージャーにしておくには惜しい逸材だなあ」

「スーツにエプロンって破壊力すごくないですか。おまけにこのルックス。これ配信したらうちの公式チャンネルの登録者数、どのくらい増えるかな。ていうか、あのオーブンって使えたんですね。飾りかと思ってました」

食事会といっても、いつもはデリバリーの料理を並べて囲むのが通例だ。事務所にキッチンスペースはあるものの、使用するのはほとんど飲み物を入れる時だけである。忙しいとスタッフが泊まり込むこともあるので、社長が気を使って調理器具を一式揃えたそうだが、事務所のキッチンで本格的な料理を作る人を初めて見た。

「すごっ、ローストビーフなんて作れるんだ」

十和が呟くと、アオイが取り皿にローストビーフとマッシュポテトを綺麗に盛り付けて言った。「好物なんだろ。この前話していたじゃないか」

「え？」

そういえばと思い出した。先日のドラマ撮影の現場で森若とそんな話をした気がする。

「もしかして、それでローストビーフ？」

「十和に食べてもらいたくて作ってみた。口に合うかどうかはわからないが」

「……ありがとう」

皿を受け取りながら、十和は内心びっくりしていた。あんな社交辞令のような些細な会話から、本当にこんな手の込んだ料理を作ってしまうとは。当の十和はすっかり忘れていたし、その場のノリで喋ることの多い森若だって、もう覚えていないだろうに。

そんな中、アオイは十和の好物というキーワードに反応して記憶してくれていたのだ。

そう思うと、じわりと嬉しくなった。胸の奥からあたたかいものが込み上げてくる。

ローストビーフを頬張った。とてもやわらかく歯を立てるとすっと蕩けるほどなのに、肉々しさと脂の甘みがしっかりとあり、噛めば噛むほど肉汁がじゅわっと口いっぱいに広がる。少し甘めのソースがまた絶品、付け合わせのマッシュポテトもクリーミーですべてが十和の好みだった。

「おいしい！　お世辞じゃなくて、本当に今まで食べた中で一番おいしい。お店を出せるんじゃないの、アオイさん」

絶賛すると、アオイがふわっと嬉しそうに笑った。

「よかった、十和の口に合って」

「……ちょっとずるいわね。何よ、トワ。あなた毎日こんな手料理を食べさせてもらっているの？」

顔を上げると、じとっとこちらを睨め付けている川瀬と目が合った。

「えっと……はい。おかげさまで、食生活は充実しています」

「そういえば、最近はカロリーバーを齧っているところを見かけなくなったよね」

十和より四つ年上の伊野塚がむしゃむしゃとローストビーフを頬張りながら口を挟む。

「安売りの時に買い溜めしていたんですけど、取り上げられちゃったんで」

「ああいうものは手軽に食べられるぶん、カロリーはそれなりにあるし、糖質や脂質を余計に摂ってしまう恐れがある。それだけで食事のすべてを賄おうとするのは危険だ。十和は放っておくと鞄の中が栄養補助食品だらけになる。俳優という職業は体が資本だ。健康的なボディーメイクのために食事の改善は必須だからな。朝食をきちんととるために朝は少し早めに起こし、昼はその日のスケジュールでまちまちだが、そのぶん、夕食で栄養面をカバーするようにしている。今日の昼はバイト先の賄いでナポリタンだったから、タンパク質や食物繊維が不足気味だ。ローストビーフはタンパク質が多く含まれているし、低カロリーなのでおすすめだぞ。後はサラダで食物繊維やビタミン類を摂って……」

立て板に水を流すようにぺらぺらと喋りながら、せっせと十和の取り皿にサラダを盛り付けるアオイを、みんながぽかんと見ていた。子どものように世話を焼かれる十和は少々恥ずかしくなる。だが、鞄の中身云々の話は事実なので返す言葉もない。実際、アオイの手料理のおかげで以前と比べると体調が格段によくなっているのを自覚していた。

「料理の知識が素人のそれじゃないよね。アオイさんって、何者？」

伊野塚が不思議そうに首を傾げる。それは十和もずっと引っかかっていることだった。しかし、アオイの素性に関する有力な情報はまだ何も見つかっていない。

「そうそう、今日トワに話したかったのはそれよ」

川瀬が生春巻きを食べながら言った。

「それ？」

「アオイさんにもさっきちょっと話したんだけど、せっかくこんな料理上手がいるんだし、料理を作って動画配信をしたらどうかと思って。もちろん、作るのはトワよ。アオイさんは先生役で」

「え、俺が作るんですか？」

「不器用なのは知ってるわよ。だからこそ、先生に教えてもらうんでしょうが。料理上手を披露する動画はたくさんあるけど、例えばクッキングスクールみたいな設定で、新人俳優が四苦八苦しながら頑張って料理を作る姿を見て、興味を持って応援してくれる人がいるんじゃないかと思うのよ」

「はあ……」

事務所の公式チャンネルでは、以前にも何度か自己PRを兼ねて所属俳優と一緒に撮影した動画を配信している。しかし、他の俳優が忙しくなってしまい、更には十和が森若との一件で一時世間をざわつかせてしまったので、ここしばらく動画の投稿はストップしていた。

「この前のオーディションも残念だったしね。何か新しいことをしていかないと」

川瀬の言葉がぐさっと胸に突き刺さる。

最終選考まで進んだオーディションも結局は不合格だった。その後に受けたものも最終の一歩手前で落ちている。このままではいつまで経っても食事会から卒業できない。何が仕事につながるかわからない時代だ。できることはなんでもやってみよう。

「そうですよね。やります」

十和は一旦ローストビーフの皿を置いて、隣に座るアオイに向き直った。

「アオイさん、俺に料理を教えてください。お願いします」

軽く目を瞠ったアオイがふっと微笑んで頷いた。

「もちろんだ。マネージャーとして全力で指導しよう」

駆け出しの俳優が奮闘する『キツネ先生とコン夜もわくわくクッキング』は、予想外の反響を巻き起こした。

料理素人の鈴原トワが、アオイ扮するキツネ先生に料理の指導を受けるという、内容としてはいたって普通のものである。

アオイの素性がわからない以上、顔を出すのは控えた方がいいので、祭りの景品の狐面を被ることにした。服装はいつもの戦闘服、ブラックスーツである。

十和自身は凝った料理が作れるわけでもなく、アオイに教えられた通りに危なっかしい手つきで野菜を切り、ぎこちない鍋さばきで炒めた。キツネ先生との会話やアドバイスを織り交ぜながら、なんとか作り上げたのが、野菜たっぷり簡単ミネストローネとさっぱりレモン風味のチキンソテーだ。

料理を無事に作り上げた達成感と、味も申し分なかったことで撮影直後は大いに満足していた。しかし、後になってよく考えると、こんなどこにでも転がっているような動画で果たして大丈夫なのかと不安になりだした。

ところがである。

「バズりました！」

編集作業等を担っていた伊野塚が珍しく興奮気味に言った。

半信半疑だったが、十和たちの動画は一晩で過去にないほどの再生回数を叩き出していたのである。

しかも、そのきっかけを作ったのはあの森若だった。

〈ちょっとこのキツネさん、馬鹿力のくせして料理上手すぎない？　相変わらず過保護なブラックキツネなのも笑った。ウマそー、トワくん俺にも食べさせて〉

このコメントで、一気に動画の視聴者が急増したらしい。

森若はキツネ先生の正体にすぐに気づいたようだ。その意味深なコメントがまた視聴者を煽り、彼らの興味の中心は過保護すぎるキツネ先生に向いていた。

十和にはいつも通りのアオイでしかなく特に気にならなかったのだが、はたから見ると相当興味を引くものだったという。キツネ先生が丁寧に教える傍ら、不器用な十和を心配そうに見守っていたり、一つ作業をこなすたびに「すごいぞ」「上手にできた」などと褒めたたえたりする様子が、何かしら視聴者のツボにはまったようだ。

「いいじゃない、いいじゃない。定期的にこれを続けていきましょう」と、川瀬も上機嫌だ。「森若さんにも感謝ね。気まぐれにトワにちょっかいをかける迷惑チャラアルファっていう認識だったけど、なかなかいいところもあるじゃないの」

アオイ一人だけが、面白くなさそうな顔をしていた。「何が『トワくん俺にも食べさせて』だ。誰がお前なんかに食べさせるか。『過保護なブラックキツネ』だと？　相変わらず気に食わないチャラカスアルファめ」

珍しく不穏な空気を纏わせながらぶつぶつと呪詛を吐く姿はなかなか見ものだった。希少なアルファ同士、案外気が合うのではないかと森若を食事に誘ってみようかと提案したところ、即座に却下された。「絶対にあの男に近づくな。あいつは危険なアルファだぞ」

「アオイさんだってアルファだろ」

「俺は安全なアルファだ。断じて危険では……いや、そうでもないのか……」

自分で言いながらたちまち落ち込んでしまいそうになるアオイを、十和は宥めつつ、胸に生じた甘ったるいくすぐったさのようなものを感じていた。単純にアオイが生理的に森若を気に入らないだけかもしれない。だが、その言葉や態度の一つ一つが十和をめぐって森若相手に嫉妬しているようにも思えて、なぜだか無性に心が揺さぶられた。


それからの十和は、アオイと組んで定期的に動画配信をしながら、川瀬が持ってきたオーディションを片っ端から受け続けた。

動画の再生回数は順調に伸びて、人気も上々だ。鈴原トワとキツネ先生のコンビは特に女性ファンに受けて、トワに対する応援コメントが以前と比べると激増した。

仕事の現場でも、俳優から声をかけられることが増えた。思った以上にトワの動画を視聴してくれている人が周囲に多いことに驚かされた。

同時に、トワのマネージャーとしていつも付き添っているアオイがキツネ先生だとばれてしまい、内輪でのアオイ人気も急上昇している。

動画配信のおかげで、料理がほとんどできなかった十和も少しは腕が上達した。自宅では十和がアオイを手伝う形だが、自分にもできることが増えて楽しい。それまではアオイがすべて行っていた作業を、十和に割り振って任せてくれるのも嬉しかった。

撮影をしていない時でも、アオイと一緒にキッチンに立つことが増えた。


また、この動画投稿が期待していた展開を運んできた。

「十和」

バイトを終えて喫茶店を出ると、アオイが待っていた。

「あれ、どうしたの？　今日は仕事で遅くなるって言ってたのに」

アオイが前のめりに言った。

「どうしても十和に直接伝えたくて、川瀬さんに頼んで抜けてきたんだ」

「伝えたいこと？」

「映画の出演オファーがきた。それも重要なポジションの若手料理人役だ。あの動画を見たスタッフが十和を推してくれたらしい。監督も是非十和を起用したいと直々にオファーをもらった。栗下《くりした》監督だ」

「え、栗下監督？」

以前、森若主演のドラマ撮影に参加させてもらった時に、声をかけてくれた監督だ。

「撮影自体は来年だが、それまでに料理技術をしっかりと身につけておいてほしいそうだ。動画の中でも毎回上達ぶりが伝わってくるから、期待していると仰ってくださったぞ」

まるで夢みたいな話を、アオイの興奮しきった声を通じて、脳がじわじわと現実として認識しだす。

「……やった。映画出演だ」

「そうだ。映画出演だぞ。よかったな、頑張って努力した結果だ」

「ありがと——うわっ」

感極まったアオイがいきなり覆い被さってきた。厚みのあるスーツの胸板に突然抱きしめられて、十和は狼狽する。アオイのにおいがする胸もとに顔を押し当てながら、心臓が異様な速さで動悸を打ちだす。耳のすぐ奥で鼓動が鳴り響いているようだった。

固まる十和を力いっぱい抱きしめながら、アオイが言った。

「十和の演技のよさをわかってくれる監督がいて、俺も嬉しい。見ている人はちゃんと見ているんだ。努力すればすべてが叶うとは言わないが、いつかその時がくることを信じて準備ができている人のところにチャンスはやって来るものだ。俺も——」

ふいにアオイの声が途切れた。

「？　アオイさん？」

上目遣いに見上げると、アオイがはっと我に返ったように目を瞬かせた。

「ああ、いや。なんでもない。――とにかくよかった。おめでとう」

「ありがとう。選んでもらったからには、鈴原トワにオファーしてよかったって思ってもらえるように頑張る」

「ああ、頑張れ。俺も全力で応援する」

微笑んだアオイが、十和の頭を優しく撫でた。

「仕事中にわざわざ来てくれてありがとう。アオイさんはこれからまた事務所に戻るんだよね。新人の子が入ったんでしょ」

「そうなんだ。川瀬さんと一緒に、俺もマネージメントを担当することになった。そのことでこれから話し合いをしなくてはならなくて……すまない。今夜は食事が作れなくなってしまった」

申し訳なさそうに言われて、十和は笑って首を横に振った。

「全然構わないよ。適当に食べるから」

「十和の適当は本当に適当だから心配だな。冷蔵庫に常備菜がいくつか入っているから、それもちゃんと食べるんだぞ。風呂はシャワーだけで済ませないように。ちゃんと湯船に浸からないと疲れが取れないからな」

「わかったわかった、もう子どもじゃないんだし。アオイさんこそ、無理しないでよ。川瀬さん、アオイさんが戦力になるとわかって、どんどん仕事を振ってきているから」

「俺は平気だ。日々頑張る十和を見ているから、俺も傍でしっかりと支えられるように早く一人前になりたいんだ」

もう十分すぎるくらい支えてもらっていると十和は思いつつ、アオイのその気持ちを嬉しく思う。

このままずっと、マネージャーとして傍にいてくれたらいいのに——。

急いで事務所に戻っていくアオイの後ろ姿を見送りながら、十和はそんなことをぼんやりと考えていた。

いいことは続くものだ。

当たりくじを連続で引いたかのように、仕事が立て続けに決まった。

「昼の情報番組『ごごハピ』の料理コーナーで、十和にアシスタント役のオファーがきたぞ。人気料理研究家が時短レシピを紹介する十分ほどの枠だが、『食欲の秋ウイーク』と題した一週間の企画の中で、十和にも出演してほしいそうだ」

「料理コーナーのアシスタント役？」

「ああ。あの動画がプロデューサーの目に留まったらしい。中高生の人気から主婦層にもファンが増えていると伊野塚さんも言っていたからな。一週間だが、昼の帯番組だ。十和の顔と名前を知ってもらうチャンスだぞ」

すっかりマネージャーの顔をしているアオイが、頑張るぞと自ら気合を入れる。

「うん、精いっぱい頑張る。ありがとう、アオイさん」

「俺は別に何もしていない。十和がこれまで積み重ねてきた努力の成果が今実りつつあるんだ」

謙遜しているが、アオイが川瀬について方々のテレビ局や広告代理店など、毎日関係各所を回り、必死になって十和を売り込んでくれていることを知っている。動画撮影にも積極的に協力してくれ、勉強熱心で企画も次々と提案してくれるし、おかげでチャンネル登録者数も右肩上がりに増えている。本当にありがたかった。

そんなアオイの頑張りを無駄にするわけにはいかない。

十和も自分にやれることはすべてやって、万全を期して一つ一つの仕事に臨みたい。そのための準備にも、以前に増して気持ちを引き締め全力で取り組むようになった。

「アオイさん。帰ってきたばかりで申し訳ないんだけど、キャベツの千切りのコツを教えてもらえないかな。俺がやるとなんだかあまりおいしくなさそうなんだよね。そこそこ細く切れるようになったのに。アオイさんの切ったキャベツは、もっとふんわりしていてすごくおいしそうだった」

「千切りか。あれは切り方によって食感が変わってくるんだ。繊維を断つように切るとふんわりやわらかになる。ああ、それだと反対だな」

「反対？」

ダイニングからキッチンカウンターを覗き込むようにしてアオイが首を伸ばす。

「今は重ねたキャベツを葉脈に沿って切ってるだろ。九〇度回転するんだ」

アオイが空中で「こう」と、縦にしていた両手を横に動かしてみせる。十和はアオイに倣ってまな板の上のキャベツを九〇度横回転させた。

「そうしたら、キャベツをこうやってくるくるっと巻く。その方が切りやすい」

「こう？」

「そう。巻いたらしっかり押さえて端から細く切っていく。気をつけろよ。左手はネコの手だ」

「はい、ネコの手」

料理を始めた頃に習った基本動作を再確認し、キャベツを切っていく。最初は眠くなるようなのんびりした包丁使いに、いつ指を切るかと周りをヒヤヒヤさせる危うさだったのに、練習のかいあって、なんとか見られるまでに上達した。

歌うようなリズミカルさとまではいかないが、野菜を切るスピードも格段に上がり、調理に合った切り方も覚えた。

トントンとキャベツを切り終える。

「今までで一番おいしそうに切れた」

「うん、ふんわりしていて美味そうだ。上手になったな」

カウンター越しにアオイが微笑む。途端に心臓が激しく高鳴り始めた。十和は頬に朱が差すのを覚えながら、早口に言った。

「き、切ったキャベツは冷水にさらすんだよね」

急いで棚からボウルを取り出して水を注ぐ。たっぷりの冷水の中に千切りにしたキャベツを入れた。

「数分でシャキッとするから、後はザルに上げて水気を切れば完成」

「そうだ」と、アオイが嬉しそうに頷く。「よく学習している。十和は教えがいのある優秀な生徒だ」

「アオイさんの教え方が上手だからだよ」

「そんなことはない。十和の努力のたまものだ」

アオイが笑いながらネクタイのノットに指を差し入れる。なぜかアオイの一挙手一投足を目が追ってしまう。

ネクタイを緩めて、きっちり上まで閉めてあったシャツのボタンを一つ外す。くつろぐためのなんてことのない仕草。なのにドキドキする。シャツの袖を捲り上げると、血管の浮いた筋肉質の腕が露わになった。

脈拍が速くなるのを感じる。咄嗟に腕から逸らした目が、今度は逞しく張り出した喉仏を捉えた。思わずごくりと喉を鳴らしてしまう。

「今日の夕飯は……生姜焼きか。いくら好きだといってもさすがに回数が多くないか。タレはもう作ってあるんだな。後は焼くだけ？」

「うん。一口に生姜焼きといってもタレの作り方で全然違う味になるんだって最近気がついたんだよね。毎回味付けが違うのに気づいていた？　今日はね、『神の一匙』に出てくる生姜焼きのレシピで作ってみた」

「『神の一匙』？　ああ、最近よく十和が読んでいる漫画だな。料理漫画だったか」

「そう。『シップス』って雑誌で掲載してる大人気漫画なんだけど、一回読んでハマっちゃってさ。そこから全巻揃えたんだよね。今読み返してみると、さらっと読み進めていたところも実は料理の知識があちこちにちりばめられていて、料理を勉強しだした身としてはすごく参考になる。でも、ちょっと前から作者の体調不良で休載しているんだよね。すっごく続きが気になるところで止まっててさ、早く再開してくれないかな」

「そんなに面白い漫画なのか。興味があるな。今度俺も読んでみよう」

アオイがシンクで丁寧に手を洗う。洗い終えて、水を止めた。タオルで拭き、その手をなぜかこちらに伸ばしてきた。

途端にびくっと大仰に反応してしまった十和は、反射的に引いた肘が何かに当たったのを感じた。まな板が浮き上がり、包丁がぐるんと回転する。

次の瞬間、「危ない！」と、叫んだアオイに十和は抱き寄せられていた。十和をかばいながら、大きな手のひらで包丁ごとまな板を押さえ付ける。ワークトップから落ちそうになったまな板はその場にとどまった。

「怪我はないか？」と、アオイが問うた。

十和は我に返り、こくこくと頷く。「うん、大丈夫。ごめんなさい、ぼうっとしていて。アオイさんこそ怪我していないない？」

「俺は平気だ。包丁があるんだから、気をつけないとダメだ。怪我をしたら大変だぞ」

「……うん、ごめんなさい。気をつけます」

アオイがふっと頬を緩めて、十和の頭をぽんぽんと撫でた。その優しい手つきに、たちまち心臓がぎゅっと引き攣れたように苦しくなった。だが嫌な苦しさではない。胸の奥が甘くよじれて地に足のつかない感じは知っているようでありながら、しかし初めて経験するもので、考えれば考えるほど脈拍はどんどん加速してゆく。最近、アオイと一緒にいると、度々似たような感覚が込み上げてくるからひどく戸惑う。

なんなのだろう、このふわふわとした気持ちは――。

浮ついた心を悟られないよう、無理やり思考を切り替える。

二人で手分けして夕食の準備をしていると、アオイのスマホが鳴った。

画面を見て、アオイが一瞬なんとも言えない表情を浮かべる。

「どうしたの？　川瀬さん？」

「いや……すまないが、これを頼む。ちょっと話してくる」

そう言って、アオイはキッチンを出ていった。

皿にキャベツを盛り付けていると、アオイの声が漏れ聞こえてきた。

「……ああ、そうだな。……が、……で……から、大丈夫だ。心配しなくても……」

声が途切れ途切れで何を話しているのかはわからなかったが、なんだか深刻そうだ。川瀬ではないとしたら、相手は誰だろうか。仕事以外に十和が知らない付き合いがあるのだろうか。

『アオイ』として、まだたった一月ほどしか過ごしていない彼の交友関係に悶々としながら味噌汁をよそっていると、電話を終えたアオイが戻ってきた。

「すまない、十和に全部任せてしまって」

「ううん。結構長かったね。電話、誰からだった？」

さりげなく訊いてみる。アオイは特に気にするふうもなく答えた。

「事務所に入ったばかりの新人タレントだ。香坂《こうさか》すみれというんだが」

「ああ、うちに入ったあの女子大生」

自分で訊いておきながら十和は拍子抜けした。

つい先日、事務所に新しく所属することになった現役の女子大生である。

芸能界には星の数ほど芸能事務所が存在しており、『シャインプロダクション』のような小さな芸能事務所でも、芸能界デビューを夢見る所属希望者は後を絶たない。オーディションは随時受け付けているものの、採用の一切を川瀬が担当しており、なかなか彼女のお眼鏡に適う新人が現れないのが現状だった。タレントを一人前に育てるのには多くの時間と経費がかかる。稼げるようになるまでは赤字が続くのだ。

契約だけ結んで、高い入所契約金やレッスン料を取るだけ取った後は放置するという悪徳事務所も多い中、『シャインプロダクション』はアットホームな雰囲気で、マネジメントも手厚く、信頼できるスタッフばかりだ。その筆頭である川瀬に育ててみたいと思わせた新人には、十和も興味があった。

「どんな人なの？」

アオイの電話の相手が事務所の新人タレントだとわかって、内心ほっとする。心配することはない、仕事の電話だ。

アオイが飯わんと汁わんをテーブルに並べながら応じた。

「どうと言われても説明が難しいな。見た目は普通の女子大生だ。パッと目を引くような華やかな感じではなく、どちらかというと清楚なイメージだな。だが」

フライパンの生姜焼きを皿に盛り付けながら、十和は言った。「だが？」

十和から皿を受け取り、アオイがテーブルに運ぶ。

「カメラの前に立つと、印象がガラッと変わるんだ。それまではオドオドして挙動不審なんだが、いざスイッチが入ると自ら殻を破って驚くほど化けてみせる。新人とは思えないほどの度胸だ。川瀬さんもすごい原石を掘り当てたと喜んでいた」

「……へえ、そうなんだ」

少し複雑な気分だった。そんなすごい新人が入ったと聞くと、胸がざわついた。

「だがその一方で、引っ込み思案なところがあって、自分に自信が持てないとすぐに落ち込む癖がある。明日はCMキャラクターのオーディションなんだが――」

「CMのオーディション？」と、思わず十和は遮った。

聞けば、大手飲料メーカーが開催するオーディションで、新たな商品のイメージキャラクターに無名の新人を起用する予定なのだそうだ。すでに香坂は書類審査を通過して、明日は最終選考の面接審査だという。

「すごいね、最初からCMのオーディションを受けさせてもらえるなんて。しかも最終に残っているんでしょ」

「川瀬さんの目論見では、ここまでは予定通りらしいが。本人はまさか自分が通るとは思っていなかったようで、明日の面接に不安があると、さっき電話がかかってきたんだ。いきなり泣きだすから、宥めるのに時間がかかった」

なかなか戻ってこないと思ったら、そんなやりとりをしていたらしい。

「まあ、不安な気持ちはわかるけど」

十和も初めてオーディションを受けた時は緊張しっぱなしで吐きそうだった。十和の場合はなかなか次の段階に進めず、初っ端で落とされてばかりだったから、初めてのオーディションで最終選考まで残るのは素直にすごいと思う。川瀬のお眼鏡に適っただけのことはある。

「でも」と、アオイがぽつりと言った。

「俺も川瀬さんと同様、彼女は何か特別なものを持っていると思っている。笑顔が特に素敵なんだ。爽やかな商品のイメージにも合っていると思う」

十和は驚きを隠せなかった。

アオイが十和以外の誰かに対して、こんなふうに熱弁を振るうのは初めてのことだ。

静かな森に急に風が吹き、ざわざわっと木々が騒ぎ立てるような不安感が押し寄せてくる。胸の奥がぎゅっと潰れる。思わずシャツの胸もとを握り締めた。

「十和、どうかしたのか?」

「え」十和は我に返って俯いた顔を撥ね上げた。「あ、ううん。なんでもない。おいしそうにできたなと思って。冷めないうちに食べよう」

アオイが食卓を眺めて、「そうだな」と笑って頷く。「美味そうだ」

箸を手に取った。「いただきます」その時、再びアオイのスマホが鳴った。

画面に表示された名を確認して、アオイが一瞬眉根を寄せる。相手が誰なのか十和にもすぐわかった。

「すまない、先に食べていてくれ」

「……うん」

席を立ち、アオイがリビングを出ていく。

静まり返った室内に、音量を抑えた低い声がぼそぼそと微かに漏れ聞こえてくる。

「仕事だよ、仕事。あれもマネージャーの仕事の一部」

自分に言い聞かせるように、独りごちる。

一人取り残されたテーブルで皿をつつきながら、胸の中にもやもやとしたものが急速に広がっていくのを感じていた。

# 7

昼の情報番組『ごごハピ』の人気コーナー、『カンタン時短クッキング』の収録は、月に二回、都内テレビ局のスタジオで一日に十本を纏め撮りしている。

アシスタントは週替わりでお笑い芸能人やタレントが務め、ＳＮＳで大人気の料理研究家、春山《はるやま》ひろみと一緒に料理を作るという形式だ。

今日は、最初の五本は人気女性タレントがアシスタント役の回を収録し、その後に十和が出演する回を五本纏めて収録予定だった。

現場の雰囲気を知っておきたくて、十和は自分の集合時間よりも二時間早めにテレビ局に向かった。

アオイがあらかじめ許可を取っておいてくれたので、収録中のスタジオを見学させてもらう。

今は春山と女性タレントがトークをしながら春巻きを巻いているところだった。

料理研究家の春山は三十代後半の既婚者だ。子どもが二人おり、数年前から始めた毎日のお弁当ブログが主婦の間でたちまち人気となって、今では出版した料理本がどれもベストセラーになるほどの売れっ子である。

オファーを受けてから、十和は毎日昼間の放送を録画して見ていたので、十分ほどのコーナーの進行はだいたい覚えている。実際の現場も、テレビ画面から伝わってきたような和気藹々とした雰囲気で、収録は順調に進んでいった。

前半の五本の収録がすべて終了し、一旦休憩に入った。

出番の終わった女性タレントがマネージャーに連れられて慌ただしくスタジオを出ていく。最近テレビで見ない日がないくらい今が旬のタレントだ。スケジュールは十和とは比べものにならないほどびっしり詰まっているに違いない。

「十和、春山さんに挨拶に行こう」

アオイに呼ばれて、十和は気を引き締めた。

春山はスタッフと打ち合わせをしていた。話が途切れたのを見計らって、十和は挨拶をする。

「はじめまして、鈴原トワと申します。今回のアシスタントを務めさせていただきます。頑張りますのでよろしくお願いいたします」

「あ、はい」

目が合った春山が途端にぱあっと顔を明るくした。

「鈴原さん！　キツネ先生との動画、いつも楽しく見せていただいています。子どもたちも大好きなんですよ。ご一緒できて光栄です」

気さくにそう言われて、十和は緊張に強張らせていた頬をほっと緩めた。

「ありがとうございます。僕も先生の料理本を参考にいくつか料理を作りました。特に豚の生姜焼きのタレがすごく好みの味で、ハマってしまって」

「えー、そうなんですね。もし生姜が多めでも大丈夫なら、レシピのすりおろし生姜とは別に千切りにした生姜を一緒に炒めるとおいしいですよ。大人向けでおすすめです」

「はい、今度やってみます。それでは、今日はよろしくお願いいたします。一旦失礼します」

「こちらこそ、よろしくお願いします」

笑顔の春山と会釈を交わして、十和はその場を離れた。

「よかった、春山先生が話しやすい人で。アドバイスまでくれたし」

コミュニケーションを積極的に取ってくれる共演者はありがたい。おかげで少し緊張がほぐれた。

ふと視線を感じて隣に首を向けると、じっとこちらを見ているアオイと目が合った。

「どうかした？」

「昨日も生姜焼きだった。半月でもう五回は食卓に並んでいる。キャベツの千切りの練習が目的だと思っていたが、そうじゃなかったのか」

アオイがふてくされたように言った。なんの話だかすぐにはピンとこず、十和は戸惑う。

「あれが春山ひろみのレシピだとは知らなかった」

「ああ。うん、実は映画の出演が決まった時に、書店に行って何冊かレシピ本を買ったんだよね。その中の一冊が春山先生の著書で――といっても、気づいたのはこの番組のオファーを受けた後だったんだけど。ほら、一番初めに作った時、アオイさんもおいしいって言ってたでしょ。まさかあの生姜焼きが春山先生のレシピだったとは知らなくてさ。昨日作ったのもそうだよ。この話、しなかったっけ？」

「聞いていない。てっきり、十和が自分で考えたのだと思っていた。昨日は、どうやって作ったのか訊ねたら、適当に作ったと答えたじゃないか」

「え、そうだったっけ？」

十和はきょとんとする。急いで記憶の引き出しをあさり、夕食時のことを朧ながらに思い出した。昨日もアオイのスマホには香坂から何度も電話がかかってきていた。

結局、アオイは食事を中断して香坂の電話に応じていた。十和はそれが気になってしまい、食事中はずっと上の空だったのだ。アオイと何かしら会話をした記憶があるが、内容はよく覚えていない。

しかし、それでどうしてアオイが不機嫌になるのかわからなかった。

「十和は子どもの頃から生姜焼きが大好きだから、研究を重ねてとうとうオリジナルレシピを完成させたのだと思っていた。てっきり昨日のあれがそうなのだと、一番に味わわせてもらって密かに喜んでいたのに。まさか別人のレシピだったとは」

「いや、俺にそんな高度なことができるわけないって……あれ？　俺が小さい頃から生姜焼きが好きだって話、したっけ」

聞き返すと、アオイも思わずといったふうに押し黙った。「そういえば、誰から聞いたのだったか……。十和はそうなのだと、当たり前のように頭に浮かんだんだが――」自分でも思い出せないのかしきりに首を捻っている。

「――っ」

突然アオイが立ち止まり、額を押さえた。

「何、どうしたの。大丈夫？」

焦った十和は咄嗟にアオイの顔を覗き込む。険しい表情をしたアオイが小さく呻いた。しばらく痛みに耐えるように目を瞑り、ゆっくりと呼吸を整えながら口を開いた。

「一瞬、何か思い出しそうになったんだが――ダメだ。頭痛がしただけだった」

平静を装っているものの、声に悔しさが滲む。

十和は、歯痒そうに溜め息をつくアオイの背中をさすりながら言った。

「無理はしない方がいいよ。まだ頭が痛む？」

「いや、もう平気だ」と、アオイが煩わしげに頭を一度左右に振った。気を取り直したように話を戻す。

「ところで、そんなにあの人のレシピが気に入っているのか」

「え？」

「生姜焼きが食べたいなら、俺に聞いてくれたらよかったじゃないか。俺にだって十和に食べさせたいレシピが山ほどあるんだぞ。さっき話していた千切り生姜を使って生姜焼きを作ったこともある……はずだ、たぶん。話を聞いていて、頭の中にすぐに作り方が浮かんだからな。過去に作ったことがあるのだと思う」

なぜか春山に対抗意識を燃やすアオイに、十和は思わず笑ってしまった。

「あんまり考えるとまた頭が痛くなるよ。だいたい、なんでそんなに春山先生に張り合っているの」

「それは……悔しいだろ。十和の傍には俺がいるのに、他の人の方を見られたら」

まるで恋敵に嫉妬するような言い訳をされて、十和は面食らった。みるみるうちに頬が火照るのを感じる。

「豚肉と生姜の組み合わせって疲労回復に効果的なんだって。元気になるスタミナ料理を最近俺より忙しくしてるアオイさんに食べてもらいたくて作ったんだよ。アオイさん、俺に関してはいろいろ口を出すくせに、自分のことになると途端に無頓着になるところがあるよね。俺がいない時は、ほぼ俺から取り上げた栄養補助食品で食事を済ませているんでしょ。ダメだよ、栄養が不足するよ」

アオイがうっと言葉を詰まらせた。

「誰から聞いたんだ」

「伊野塚さん。あと、社長と川瀬さんからもリークがあった。あれは仕事に集中しすぎて寝食忘れるタイプだから、周りが気をつけて見ていないといつかぶっ倒れるって。以前のアオイさんが一体どんな暮らしをしていたのか不安しかないって、心配されているよ」

バツが悪そうに項垂れたアオイが綺麗に撫で付けた髪を掻き毟る。

「いろいろと無理は禁物だよ。夜も遅くまで部屋で仕事をしているでしょ」

昨夜も物音で目が覚めて寝室を出ると、九十九の部屋から明かりが漏れていた。そっと覗くと、パソコンに向かっているアオイの背中が見えた。

アオイが溜め息をついた。

「無理をしているつもりはないんだがな。俺はただ、十和のことをもっとたくさんの人に知ってもらいたいだけだ。そのために俺ができることをしているだけで、むしろこの仕事を楽しいと思っている。前に、十和がファンからもらった絵や手紙に励まされて、今も俳優業を諦めずに続けていられると言っていただろ」

十和は頷いた。

「そうやって一生懸命頑張っている十和から、俺は勇気をもらっているんだ。きっとファンも同じ気持ちだろう。俺も鈴原トワを応援するファンの一人だ。十和を見ていると、とても幸せな気分になる。時々、記憶がない自分が空っぽの人形のように思えて、どうしようもない不安や焦燥が押し寄せてくるんだ。だが、そんな時でも十和が傍にいてくれると心がなぐ。十和の笑顔は宝だ。その笑顔のためならなんだってしてやりたいと思う」

「——そ、それって、本当にただのファン心理？」

思わず言葉が口をついて出た。

目を合わせたアオイがきょとんとした顔で見つめてくる。「え？」

途端にぶわっと腹の底から熱が湧き上がってきて、十和は慌てた。脈が恐ろしいほどの速さで打ちだす。鏡を見なくてもわかる。今の自分の顔はゆで蛸のように真っ赤になっているに違いない。

「ご、ごめん。なんでもない。今のは忘れて」

「十和？　ちょっと待ってくれ。忘れてとはどういう意味だ。どうした、なんだか顔が赤いぞ。こっちを向いてちゃんと見せてくれ。具合が悪いんじゃないか」

「赤くなってないし、体調は万全だよ。本当になんでもないから、あんまり見ないで」

「なんでもないなら見せてみろ。どうしてそっぽを向く。俺を見ろ」

「もう、やだってば。恥ずかしい」

アオイと押し問答をしていると、「あなたたちこんなところで何をやっているの」と、聞き覚えのある声が割って入った。

見ると、呆れ顔の川瀬が腕組みをして立っていた。

「二人していちゃついてるんじゃないわよ」

「いっ、いちゃついてなんか……っ」

言い返そうとして、十和はふと川瀬の隣にもう一人いることに気がついた。「あ」思わず小さく声が漏れる。

「香坂さん？」と、アオイが言った。

色白の華奢な女性が焦った様子で二人にぺこりと頭を下げた。背中まである真っ直ぐな黒髪がさらりと揺れる。

「トワとは初対面だったわよね。新人の香坂すみれよ。こっちはうちの注目株、鈴原トワ。知ってるわよね」

「もちろんです」と香坂が勢いよく頷く。「こ、香坂すみれです。ふ、ふつつか者ですが、どうぞよろしくお願いします」

「鈴原トワです。こちらこそよろしくお願いします」

十和も慌てて会釈を返す。目が合った香坂が途端に挙動不審な様子で視線を宙に泳がせて、再び深々と頭を下げた。緊張しているのか、そわそわとして落ち着かない。

初めてできた事務所の後輩。現役女子大生の新人タレント、香坂すみれ。会うのは初めてだが、写真で見せてもらったので顔は知っている。思ったよりも小柄で、どこか小動物を思わせる愛くるしいくるりとした目が大きくて印象的だった。性格はアオイに聞いていた通り、人見知りで引っ込み思案のようだ。この調子で生き馬の目を抜く競争社会、芸能界を渡っていけるのかと少々心配になる。とはいえ、彼女こそが何百人の候補者の中から選ばれた逸材なのだ。

「今日はトワが料理番組の収録をしているって話したら、是非見学したいって言うから連れてきたのよ。すみれの挨拶回りも兼ねて」

「そうなんですね。あ、聞きましたよ。ＣＭオーディション合格、おめでとうございます」

十和は先日聞いたばかりの話題をさりげなく振った。弱小事務所にとっては稀に見る快挙だ。社長をはじめ、スタッフたちが小躍りしていたのを十和も目撃している。オーディションを受け続けている先輩として、素直にすごいと思う。川瀬が見いだした原石が、大手事務所の新人たちを蹴散らして勝ち取ったことも、胸がすくように気持ちがよかった。

「本当にすごいよ。初めてのオーディションであんな大役を射止めるなんて」

十和が言うと、香坂はますますあたふたとしだした。

「あ、ありがとうございます。まさか、自分なんかが受かるとは思っていなくて……」

すぐさま横から川瀬が「その卑屈な言い方はやめなさいって言ったでしょ」と、口を挟む。香坂がしゅんと項垂れた。

「で、でも、本当に全部川瀬さんとアオイさんのおかげなんです。特にアオイさんにはすごく迷惑をかけてしまって、アオイさんが傍で励ましてくれなかったら、緊張しすぎて何もできなかったと思うから」

彼女の言葉に、なぜか十和がどきっとした。もやっとしたものが胸に広がる。

その時、目の端でアオイが一歩踏み出したのがわかった。

「そんなことはない。俺は別に何もしていないし、受かったのは香坂さんの実力だ。香坂さんは一度スイッチが入ったら本当に別人みたいになる。しゃんと背筋が伸びて、魅力的な笑顔と人目を引くパフォーマンスができる人だから、俺は信じていた。審査員も香坂さんの中に光るものを見つけたんだろう」

俯いていた香坂がはっと顔を撥ね上げた。

アオイを見つめる。アオイも彼女を見つめ返す。

「一緒に頑張っていこう」

アオイの一言で、香坂がぱあっと顔を明るくした。

「はい。よろしくお願いします」

香坂の意気込む声に、アオイがふわっと微笑んだ。香坂の頬に朱が差す。

ふいに十和の心臓に疼痛が走った。

「……っ」

胸の奥がぎゅっと潰れて、途端に息苦しくなる。こめかみがきりきりと痛み、鼓動がやたら大きく響いて聞こえた。

川瀬が加わり、三人で何やら話している。声は聞こえるのに、内容が頭に入ってこない。まるで透明なガラスの板で間を仕切ってあるみたいだった。突然輪から弾き出されたような、妙な劣等感を覚える。

通りかかったスタッフが川瀬に声をかけた。川瀬が応じて三人の輪から抜ける。

ふとアオイが香坂の髪に手を伸ばした。

「糸くずがついていた」

「あ、すみません。ありがとうございます。そうだ、アオイさん。昨日電話でもお話ししたことなんですけど……」

香坂がアオイに対してだけ心を開いたみたいにはにかみながら喋る様子をぼんやりと眺めて、十和はたちまち胸騒ぎを覚えた。アオイも真剣に話を聞きながら、時折やわらかい笑みを浮かべている。十和にもよく見せる表情だった。なぜかショックだった。そんな自分の心情が自分でも理解できず大いに戸惑う。先ほどからズキズキと心臓が痛い。香坂の笑い声が聞こえた。鈴を転がすようなかわいらしい声。初めて耳にするそれから意識を逸らそうとして、視線も二人から外した。

嫌だ、あんなの見たくない――。

「すみません、ちょっとトイレに行ってきます」

耐えきれず、十和は傍のスタッフに声をかけてその場から逃げ出した。

スタジオを出て足早に手洗いに駆け込む。

幸い誰もいなかった。

十和は洗面台の前に立った。鏡に映った自分の顔を見やる。

「……ひどい顔。なんで泣きそうな顔してんだよ。情けないなあ」

独りごちた途端、脳裏に先ほどの光景が蘇った。

距離を詰めて、気安げに会話するアオイと香坂。はたから見れば、マネージャーが新人タレントと打ち合わせをしているようにしか見えないだろう。実際その通りだった。けれどもなぜか十和はそんな二人に嫌悪感を覚えた。嫌だった。見ていたくなかった。

「なんで——って、ああ、そうか……」

それが誰に対するどういう心理なのか、唐突に気づく。

「俺、アオイさんのことが……」

本気で好きになってしまったのだ——。

淡い感情を誰かに抱いたことは過去にもあったが、こんなふうに胸がぎゅっと引き絞られるような気持ちになるのは初めてのことだった。

アオイが好きだから、香坂に興味を持つアオイが嫌だった。ずっと胸に渦巻いていたもややもやとした感情は、彼女に嫉妬していたからだと、今ならはっきりとわかる。

社長や川瀬に揶揄われるくらいに、アオイが十分すぎるほど十和の世話を焼いてくれるのが嬉しかった。そんなアオイを、十和ももうただの同居人だとは思っていない。一緒に過ごしていくうちに、頼りになるマネージャーである以上に、大事な存在になっていた。その一方で、いつしか心のどこかでは、自分も彼にとっての特別な存在なんじゃないかと思うようになっていた。

けれども、香坂が現れて、その根拠のない自信は途端に揺らいだ。アオイの興味が香坂に向いていることに気づいた時から、胸がぐらぐらと沸き立ち、ずっともやもやとしたものが付き纏っていた。

アオイには自分だけを見てほしい。他の人に興味を持ってほしくない。

だが、アオイは芸能マネージャーだ。タレントに対して真摯に向き合い、毎日遅くまで働いているのを知っている。新人の香坂をサポートするのもアオイの仕事だ。そして、十和のマネージングも、もちろんアオイの仕事である。

「そうなんだよ、仕事なんだよな……」

収録前の弱気になる十和を優しく抱きしめて、力強く励ましてくれたことも。森若や春山に張り合うかのように独占欲むき出しの態度を示してみせたことも。一ファンだと言いながら、こちらが勘違いしそうなほど真っ直ぐな目で赤面ものの言葉を投げかけてきたことも。

アオイにとってはどれも深い意味はなく、すべて十和の気分を上げるため、仕事の一環だったのだろうか。

ふと気がついた。

もし、アオイの記憶が戻ったとして、その時のアオイには、記憶を失ってからの十和と過ごした日々の記憶は残っているのだろうか――。

「十和、ここにいたのか。捜したぞ」

はっと十和は瞬時に我に返った。

振り向くと、手洗いのドアを開けて首を伸ばして中を覗き込むアオイがいた。

「急に姿が見えなくなったから、どこに行ったのかとびっくりしたじゃないか」

「あ、ごめん。スタッフさんに声はかけたんだけど」

「俺にもきちんと言ってくれ。心配する」

息を乱しながら、アオイが中に入ってくる。声をひそめて言った。

「体調がよくないのか。もしかして、ヒートの兆候が？」

本気で心配されて、十和はかぶりを振った。以前、女性スタッフのヒートが始まった現場を目撃してから、アオイは十和の体調を殊更気にかけるようになっていた。同時に自分も抑制剤を服用し、自己管理を徹底している。

「違うよ、ただのトイレ休憩。薬はちゃんと飲んでいるし、大丈夫」

「そうか」アオイがほっとしたように頷いた。「だったらいいが、さっきもなんだか様子がおかしかったから、気になっていたんだ。少し目を離した隙にいつの間にか十和がいなくなっていて焦った」

「……そ、そうだったかな？」

ぎくりとした。自分の中のドロドロとした黒い部分を見透かされたような気がして、俄に心拍数が上がる。

「緊張しているんだと思う。ちゃんと上手くアシストできるか不安で……」

ふいに頭上に影が差したかと思うと、アオイに抱きしめられた。

びっくりして言葉を失う。どくんと心臓が跳ねてたちまち早鐘を打ちだす。

長い腕で十和を包み込みながら、アオイが言った。

「いつも通りにやれば大丈夫だ。いつも俺と一緒にキッチンに立っているだろ。あんな感じでいい。気づいていないかもしれないが、十和は俺の動きを見ながら、自分が次に何をすればいいのか自然と先を読んで動いている。アシスタント力は優れていると思うぞ。だから、いつも通りにやればいい」

ぽんぽんと頭を優しく撫でてくる。落ち着いて。大丈夫。大きな手のひらから励ましの言葉が伝わってくるようで、胸がぎゅっとなった。

ふいにまた思い出したように脳裏に先ほどの映像がちらつく。

香坂にもこんなふうにして励ましてやったのだろうか。抱きしめて、頭を撫でて。

「……嫌だな」

「うん？　何か言ったか」

優しい声に問われて、十和は現実に引き戻された。なんでもないと首を左右に振る。

「ありがとう。だいぶ落ち着いた」

「そうか。ちゃんと傍で見守っているから安心して、落ち着いて収録に臨もう」

アオイに微笑まれて、十和は頷く。胸が甘く疼く。

心の中はいろいろな感情がない交ぜになってまったく整理がついてなかったが、とにかく今は仕事に集中しようと、思考を力ずくで切り替えた。


『カンタン時短クッキング』後半の収録が始まった。

打ち合わせを終えてセットに向かう春山に、十和は思わず声をかけた。

「あの、大丈夫ですか」

春山がびくっとしたように振り返った。

「え、何が？」

「ああ、いえ。なんだか顔色がよくないような気がしたものですから。さっき、スタッフさんとお話しされている時も、少しお疲れな感じがして」

「全然、大丈夫ですよー。顔色は照明の具合でそう見えたのかも。心配してくれてありがとうございます」

春山がにっこりと笑う。セットの中に入ると、春山はテキパキとスタッフに指示を出していた。そう言われると、青白く見えたのはセットの外の薄暗い照明のせいだったのかもしれない。今は暑いほどのライトを浴びて、むしろ血色がよく見える。

何もないのならよかった。

十和もヘアメイクを微調整してもらって、準備万全の春山の隣に立つ。

緊張が高まる中、ふとカメラの横に立つアオイの姿が目に留まった。これだけたくさんのスタッフがいるのに、あの長躯は群を抜いて目立つ。

目が合ったアオイが自分の体の前でぐっと両手を握ってみせた。力んだ真面目な顔で口をぱくぱくさせて「頑張れ」とエールを送られる。無意識にふっと十和の口から息が漏れた。強張った頬が緩むのを感じた。

「それじゃ、本番いきまーす」

声がかかり、十和は気を引き締める。いい具合に肩の力が抜けて、自然な笑顔をカメラに向けた。

「はい、OKです。それでは一旦休憩に入りまーす」

スタジオが一斉に慌ただしく動きだした。

収録予定分の五本中、三本を取り終えたところである。

十和は春山に声をかけた。

「お疲れさまです」

「……ああ、はい。お疲れさまです」

振り返った春山の顔が青を通り越して真っ白だった。呼吸も浅く、額にびっしりと汗を掻いている。照明のせいでないのは明らかだった。

十和は慌てて彼女に駆け寄った。

「春山さん、大丈夫ですか。無理しないでそこに座ってください」

「うん、大丈夫、大丈夫だから……っ」

声がプツッと途切れたかと思うと、ぐらっと春山の体が傾いだ。「春山さん！」十和は間一髪で気を失った彼女の体を支える。「誰か来てください！」急いで助けを呼んだ。

すぐにスタッフが駆け付けて春山をセットから運び出す。春山の名前を呼ぶ声。電話で救急車を要請する声。辺りは騒然となった。

間もなくして救急車が到着し、春山は病院に搬送された。春山の意識はすでに回復し、プロデューサーと喋っていたので命に別条はなさそうだ。ほっとした。

まだざわついているスタジオで、プロデューサーたちが集まって話し込んでいる。

春山が搬送されたので、今日の収録は中断せざるを得ないだろう。川瀬やアオイも同じ考えのようで、スタッフに今後のスケジュールの確認をしている。

話が纏まったのか、プロデューサーが十和の方へやって来た。収録中止の話だろうと思っていたが、中年プロデューサーは予想外の話を切り出した。

「鈴原くん、この動画に写っているのは君だよね」

タブレットを見せられて、十和はきょとんとした。画面に流れていたのは、確かに事務所の公式チャンネルで配信している十和のクッキング動画である。

戸惑いつつ、十和は頷いた。

「はい、そうですけど」

「このキツネ先生っていうのは、そちらのマネージャーさんって本当？」

プロデューサーがちらっとアオイを見た。「さっき、春山先生が言っていたんだよ。先生もこの動画のファンらしくて、体形や立ち居振る舞いから絶対そうだって言うから、俺たちもさっき確認したんだけど、間違いないよね？」

ブラックスーツ姿のアオイの顔を隠すように、宙に手をかざしてみせる。「うん、やっぱりそうだよな」と、確信した口調だった。

アオイと顔を見合わせた。一部ではもう完全にばれているようなものだったので、今更隠すこともないかと思う。アオイも同意見だとアイコンタクトを交わす。

「実はそうなんです」

「ああ、やっぱり！」

プロデューサーが嬉々として言った。「実は相談があるんだけど、残りの二本、鈴原くんとキツネ先生でお願いできないかな」

「「え？」」

十和とアオイの声が重なった。

「春山先生にも了承を得ているんだよ。というか、彼女がそう提案してくれてさ。どうせなら二人に残りの収録をお願いしたいって。こっちもスケジュールがギリギリで、今日中に収録を済ませてしまいたいという製作側の事情もある。レシピは春山先生考案のもので許可は取ってあるし、キツネ先生は料理がお得意ですよね。進行は今までと同じように鈴原くんにやってもらって、春山先生がキツネ先生と交代って形で進めていくから。いけるよね？」

十和はどう返事をしていいのかわからなかった。アオイも困惑している。

その時「構いませんよ」と、別の声が割って入ってきた。

川瀬だった。どこから話を聞いていたのか、川瀬はプロデューサーに名刺を渡して挨拶を交わすと言った。「鈴原とこちらのアオイを出演させていただけるというお話ですが、喜んで引き受けさせていただきます」

「「えっ⁉」」と、十和とアオイが同時に叫ぶ。

「で、でも」十和は咄嗟に言った。「キツネのお面がないですよ。あれがないとアオイさんは無理です」

「それなら、小道具の中に似たようなものがあるかもしれません」と、すかさず傍にいたスタッフが口を挟む。

「なんなら、素顔で出てもらってもいい。むしろその方が何かと話題になるかもしれないし。アオイさんでしたっけ。そのルックス、使わなきゃ損でしょ。というか、あなたもしかしてアルファじゃ……」

「顔出しはNGにさせていただきます」と、プロデューサーの声に被せるようにして川瀬がぴしゃりと断った。「お面は必須。無理強いをするようでしたら、この件はなかったことに――」

「いやいやいや、お面付きでどうかよろしくお願いします」

プロデューサーがあっさり引き下がった。

「本当にスケジュールがヤバいんですよ。おい、今すぐキツネの面を探してきてくれ。なかったらこの近所でどこか売っているところを探して……」

「あ、あの、お面だったらここに同じものがありますけど」

遠慮がちに別の声が言った。視線が一斉に集中する。香坂がオドオドした様子で自分のトートバッグからそれを取り出して見せる。十和が祭りで手に入れた景品とそっくりの狐面。全員がぽかんとなった。川瀬もこれはさすがに予想外だったようで目をぱちくりとさせている。

「どうして、それを香坂さんが持っているんだ」

アオイが不思議そうに訊ねた。香坂が恥ずかしそうに答えた。

「私、キツネ先生と同じお面がほしくて探したんです。そしたらネットで売られているのを見つけて」

確かに景品として屋台に並べてあるくらいなので、どこにでも売っているような安物には違いない。だが、それをネットで調べて購入する人がいるとは驚いた。

「実は私、大ファンなんです。お二人の動画も全部見ていて」

狐面をアオイに差し出し、香坂が顔を真っ赤にしてそう告げた。受け取ったアオイも面食らったような顔をしている。そんな二人の姿を間近に見て、十和は嫌な予感を覚えた。

「これはラッキーだな。こんなところにお二人の熱狂的なファンがいてくれて、助かりましたよ。それじゃ、このお面でいきましょう。台本をささっと手直しするんで、ちょっとお待ちくださいね」

プロデューサーが大声で集合をかける。急いで集まったスタッフにテキパキと指示を出し始めた。

バチッと香坂と目が合った。しかし、彼女は挙動不審にすぐさま十和から視線を逸らしてしまう。アオイに助けを求めるように話しかけ、ほっとはにかむように笑った。

ファンって言いながら、あれはもう――。

彼女のアオイに対する特別な気持ちが伝わってくるようで、十和は反射的に二人から目を逸らした。

目の端を香坂の横顔がよぎる。

色白の頬にパッと散った朱が残像のように脳裏に焼き付き、途端に十和の胸はズキズキと疼きだした。


『カンタン時短クッキング』の特別編と称し、十和メインでの収録が再開した。

アオイ扮するキツネ先生は、いつものスーツ姿ではなく、プロデューサーの案で衣装チェンジが行われた。これについては川瀬の反対もなく、アオイはただなされるがままに淡々と指示に従っていた。

一本目はコックコートを着たキツネ先生。二本目は着流しに前掛け、袂は襷をかけた江戸時代の料理人スタイルである。

狐面を被っていても男前は男前のオーラが出るものだと知った。

アルファ特有の、手足が長くしなやかな筋肉に覆われた恵まれた長躯は、コックコートも着流しも完璧に着こなし、現場のスタッフたちを圧倒させた。

肝心の収録も難なく進んだ。最初は緊張して心臓が飛び出そうになっていたものの、アオイの「頑張ろう」の一言で、ふっと張り詰めた気持ちがやわらいだ。更に頭をぽんぽんとされて、緊張とは別の意味で胸を高鳴らせた。我ながら現金だなと思う。スタジオのどこかに川瀬と香坂がいるはずだが、あえて捜そうとはしなかった。胸の奥に広がるもやもやは今は見ないふりを決め込んで、十和は全神経を収録に集中させた。

十和にとってキツネ先生とのやりとりは慣れたもので、春山の時よりもリラックスして台本を進めることができた。時折アドリブで挟んでくるキツネ先生のアドバイスにも落ち着いて返し、二本目になると笑って冗談を言い合う余裕もあった。

「はい、OKです。以上で終了となります。お疲れさまでした」

スタッフ全員から拍手を送られて、十和とアオイはようやくほっと息をついた。

「お疲れさま」とアオイが微笑む。

「キツネ先生もお疲れさま」

十和も肩の荷が下りて、自然と笑みが浮かんだ。

スタジオは撤収作業が始まっている。邪魔になるので、十和はアオイとともに挨拶をしてスタジオを後にした。

楽屋に向かおうとしたら、川瀬に呼び止められた。プロデューサーもいて、上機嫌に話しかけてきた。

「いやあ、すごくよかったよ。好評だったら、またお願いするかもしれないから、その時はよろしくね」

「はい！　こちらこそよろしくお願いいたします」

通りかかった番組関係者が数人加わり、十和はしばらく引き留められた。病院に搬送された春山の話も聞くことができた。過労で点滴を受けたそうだ。本人はもう元気だと聞いて、ほっとした。

話題は十和に移り、今日の収録に関して彼らから軒並み高評価をもらえたことが嬉しかった。今回の経験や実績が次の仕事につながるかもしれない。それが十和の自信にもなるはずだ。これまでまったく先が見えなかった芸能活動に、ようやく光が差したような、そんな感覚がしていた。

「よかったじゃない。あのプロデューサー、たぶんまたトワを呼んでくれるわよ」

楽屋に向かう通路、川瀬も嬉しそうだ。

「ピンチを味方につけたわね。二人ともいい仕事をしたわ。昨日のオーディションも好感触だったんだって？　アオイくんが自分のことのように興奮して報告してくれたわ。オーディションを終えた後のトワの顔がいつもよりもキラキラ輝いていたって。何よキラキラって」

苦笑する川瀬に、十和は頬を熱くしながら答えた。

「たぶん、これまでの中で一番手ごたえはあったと思います。最終選考に残ったことは何度かありましたけど、今回みたいに突っ込んで具体的な質問をされたり、即興で演技を求められたりしたのは初めてだったから。興味を持ってもらえている感触はあったかな」

「そう、よかったじゃない。『透明社会』って、単行本が発売されたのは十年以上前よね。当時は話題にならなかったのに、今になって映画化されるのも珍しいわよね」

「はい、俺も初めて読んだのは発売されてだいぶ経ってからなんですけど、兄から借りて読みました。兄も友人からすすめられたみたいで、でも小説は読まないからって俺に押し付けてきたんですよ。今思うと、それが俺の転機だったんですよね。困難を乗り越えて、一生懸命に頑張る主人公にものすごく勇気付けられて、俺もこのままじゃダメだ——って、背中を押してもらった思い入れのある本なんです。本当は俳優や演劇に興味があったんだけど、俺なんかが足を踏み込んでいい世界じゃないって言い訳して最初から諦めて、だけどまずは挑戦しないと何も始まらないことを教えられました。それから、いろいろな事務所のオーディションに応募して、運よく社長と川瀬さんに拾ってもらったんです」

「そうだったわねえ。あの時はかわいいアイドル顔だわって、まず思ったのよね。社長もうちもアイドルグループを作ったらどうかなんて言い出して迷走していた頃で。売り出す方向性が決まるまではダンスや歌まで練習させていたものね」

「でもそのおかげで、舞台に出させてもらった時は、ダンスの振り付け部分は一番のみ込みが早いって褒めてもらいましたよ。川瀬さんには本当に感謝しています。今回のオーディションは、そういう思い入れのある作品なので、絶対に受かりたいんです」

「……なんか、ちょっと変わったわよね」

川瀬がふと眩しいものを見るみたいに目を細めた。

「顔つきも以前とは違う意志の強さみたいなものを感じるし、積極性も増した。最近、本当に調子がいいわよね。停滞していた運気がここにきて一気に跳ね上がった感じ」

「自分じゃよくわからないですけど。ああ、でも、この数ヶ月で白かったスケジュール帳がだんだん埋まってきた気がする」

「そういえば、アオイくんが現れてからじゃない、この上り調子。芸能界にいると感覚が麻痺するけど、ベータが普通に生きていて、希少種アルファに出会うことってあまりないからね。それこそ宝くじが当たったようなものなのに、その彼にマネージャーをしてもらっているんだもの。ホント、幸運のキツネ様様だわ」

確かにそうかもしれないと、十和も思った。

思い返せば、アオイと出会ってからの十和は、夢に向かって少しずつだが着実に階段を上っている実感があった。出会いは災難だったが、アオイが幸運を呼び寄せてくれたのかもしれないと考えると、あの事故も何か運命的なものが働いたように感じてしまう。

いや、運命に導かれたのはそれ以前かもしれない。たまたま通った路地でアオイと遭遇したあの瞬間の衝撃は今でもはっきりと覚えている。あんな出会った途端にわけもわからないまま体が反応し、急激にヒートを起こしたのは後にも先にもあの時だけだった。

アオイが自分にとって特別なアルファなのではないかと、どうしても考えずにはいられなかった。今もその考えは捨てきれないまま、十和の心境の変化に伴って、疑惑というよりは願望として胸の奥にずっとある。アオイへの想いを自覚してしまうと、余計に願いは強くなった。

アオイにとっての十和が特別な存在だったらいい。アオイの特別になりたい。この世界でたった一人の、運命の番ならどれほど嬉しいか――。

「記憶を失って災難だったアオイくんには悪いけど、このままうちに居着いてくれたらいいのにって思っちゃうわ。記憶を取り戻したら、出ていっちゃうのかしらねえ」

川瀬の何げない言葉にどきりとした。

「今は汗水流して働いてくれているけど、本当のアオイくんは一体どんなセレブ生活を送っていたのか気になるわ。顔いいし、デキる男だし、アルファだし。超がつくお金持ちだったりして。でも、過去の記憶が戻ったら今度は逆に私たちのことを忘れちゃうのかしら。それは寂しいわね」

冗談めいた口ぶりで言う。

だが、十和の胸にはその言葉がトゲになってちくりと突き刺さった。

「……どうなんでしょうかね」

無理に絞り出した低い声が生々しい自分の心情を吐露しているようで、嫌だった。

早くアオイの記憶が戻ってほしいと確かに願っていたはずなのに、いつしかそのまったく逆のことを心の中で祈っている自分に気づかされる。最低だ。

「今日はこれで終わりよね。いい時間だし、みんなで食事をしましょうか。アオイくんも一緒に帰り支度をしたら連絡をちょうだい。すみれはお手洗いかしら。まさか、局内で迷子になっていないわよね」

香坂を捜しに行った川瀬と一旦別れて、十和は楽屋に戻った。

アオイは先に戻って楽屋の片付けをしているのかと思っていたが、誰もいなかった。アオイのビジネスバッグも置いてある。

「あれ？　どこに行ったんだろ」

荷物を纏めていると、ドアをノックする音がした。川瀬が顔を覗かせる。

「すみれ、来ていない？」

「え、来ていませんよ。そういえば、アオイさんの姿も見当たらなくて」

「ケータイもつながらないし、もうどこに行ったのよ。二人一緒にいるのかしら」

嫌な予感がした。アオイに電話をかけてみるが、こちらもつながらない。

「俺、ちょっと捜してきます」

「じゃあ、私はもう一度スタジオの方に行ってみるわ」

川瀬と手分けして二人を捜す。

途中、エレベーターの前で会ったスタッフから、さっき二人を見かけたと聞いた。十和は引き返し、段ボール箱が両脇に積み上げられた通路の先へと進む。

節電で薄暗くなったこの先は避難階段につながっている。

ドアを開けて階段室に出ると、話し声が聞こえてきた。

手すりからそっと身を乗り出して階下を覗き込む。

一階下の踊り場、一組の男女が何やら話し合っていた。

すぐにアオイとすみれだとわかった。

たちまち胸がざわつき始める。わざわざ人目のないこんなところにまで来て、一体何を話しているのだろうか。

十和は息を殺し、耳を欹《そばだ》てた。静まり返った階段室は思った以上に声が響き、ところどころ途切れつつも、二人の会話が聞き取れる。

「催眠療法」と、すみれが言った。

「私の大学の知り合いに、家族が記憶喪失になった子がいるんです。その子に聞いたら、催眠療法というものがあって、失った記憶を取り戻すことができるんだそうです」

アオイが半信半疑の声で言う。「そんなことが本当にできるのか」

「実際に、彼女のお兄さんもその方法で記憶が蘇って、今では普通にもとの自分に戻って暮らしているそうです。これ、そのクリニックのホームページです。調べてみたんですけど、評判もよさそうでした」

香坂が自分のスマホを見せる。アオイの後頭部が動き、画面を覗き込むようなそぶりが窺えた。

「この前、急に頭を押さえて苦しみだしたからびっくりしました。アオイさんが記憶を失っているって聞いて、何かお役に立ちたいと思ったんです。あの時も、何か思い出しそうだったのに結局ひどい頭痛に苦しめられただけだったって、辛そうに話していたじゃないですか。記憶、取り戻したいんですよね。もしよかったら、このクリニックを訪ねてみませんか。私も付き添いますし……」

カンッと硬質な異物音が響き渡った。

一瞬、十和はそれが自分の立てた音だと気づかなかった。抱えていたトートバッグが鉄製の手すりに当たったのだ。中に何が入っていたのか覚えていない。会話を盗み聞くのに夢中で、体が徐々に前のめりになっていたことに気がつかなかった。

物音に反応して、アオイと香坂が頭上を仰いだ。

我ながら恐ろしいほどの反射速度で手すりから身を引いた。目も合わないうちに十和は急いで踵を返し階段を上ると、そのまま非常ドアを開けて屋内に戻った。脇目も振らず通路を抜けてエレベーターに乗り込む。

スマホのバイブレーションの音に気がついたのは、テレビ局の建物を出てからだった。

川瀬からのメッセージを受信していた。他にもこの短時間のうちにアオイから着信が立て続けに入っている。思考がよそに引っ張られていたせいか、まったく気がつかなかった。

川瀬からどこにいるのかを問うメッセージ。

アオイたちはもう川瀬と合流したようだ。この後、食事に誘われていたが、十和はとてもではないがそんな気分にはなれなかった。今更戻って三人と顔を合わせるのも気まずい。

少し疲れたと嘘の理由を返し、食事は遠慮させてほしいと伝えた。

スマホの電源を切る。歩きながら先ほどの香坂の声が耳に蘇った。

――記憶、取り戻したいんですよね？

アオイと香坂の間に何があったのかは知らない。だが、会話から察するに、アオイの記憶が断片的にでも戻りかけたことがあったのだろう。ところが思い出そうとした途端にひどい頭痛に襲われてしまった。

以前にも似たようなことがあった。その時も何かを思い出しかけたようだが、結局手がかりを掴めないまま頭痛に悩まされただけで終わった。ひどく悔しげに、もどかしそうに苦悶の表情を浮かべていたアオイの姿が脳裏をよぎる。十和が知る以外にも、アオイは度々同じ症状に悩まされていたのだろうか。

ふいにいつかのアオイの言葉を思い出した。

――時々、記憶がない自分が空っぽの人形のように思えて、どうしようもない不安や焦燥が押し寄せてくるんだ。

そんなふうに言っていたではないか。しかし十和は、その後の赤面ものの褒め文句に気を取られて、アオイの苦悩をちゃんと聞いてあげられなかった。あるいは、無意識に脳がその話題を避けていたのかもしれない。口では早く記憶が戻ったらいいのにと励ましながら、内心ではこのままずっと『アオイ』でいてほしいと願う。そんな後ろめたい気持ちを抱える自分がいることを否定できない。

対して、香坂は前向きだった。アオイの記憶喪失に関して真っ向から取り組んでいる。

十和はアオイから、記憶を取り戻したいと、はっきりと聞いたことはない。

香坂には本音を話していたのだろうか。

ズキッと胸が軋んだ。

「っ、……ホント嫌になる。俺は自分のことしか考えていないいんだもんな」

アオイの不安から目をそむけていた。なぜなら、アオイにこの先もずっと十和の傍にいてほしいと思っていたからだ。

子どもじみた独占欲に縛られる自分が心底情けなく、嫌で嫌でたまらなかった。

「なんで好きになっちゃったんだろ」

よじれた心臓が泣きたいほど甘く疼く。

「アオイさん……」

涙の雫みたいにはらりといとしい人の名が口から零れ落ちた、その直後だった。ふいに体の奥底から熱が沸き上がってきたかと思うと、下腹にずんと重たい衝撃があった。

覚えのある衝動がみるみるうちに全身を駆けめぐる。

この感じはまずい――。

瞬時に感覚で察する。予定ではまだ一月近く先のはずだが、ヒートが近づいているのかもしれない。

焦った十和は急いで歩道の脇に移動した。自動販売機の陰に隠れてバッグから錠剤の小瓶を取り出す。ぶるぶると震える手に抑制剤を取り、口に放り込んだ。

すぐに薬が効き、発情は一旦落ち着いたかのように思えた。

ふうと息を吐き出したその時、「十和！」と誰かに名を呼ばれた。

はっと顔を上げた先、駆け寄ってくるアオイの姿が見えた。

人混みの中でもブラックスーツの長躯はひどく目立つ。

十和の姿を見つけて、アオイはほっとしたように表情を緩ませた。微笑み、手を振ってよこす。

途端にどくんと、心臓が大きく鼓動した。

下腹の奥に再び重たい熱が生まれる。みるみるうちに疼き始め、体が小刻みに震えだす。

「うそだろ、なんでまた……っ」

十和は自分の体の異変に愕然とした。抑制剤を飲んで収まったはずの強い性欲がたちまちぶり返してくる。

「——っ」

十和はどうにか自力で立ち上がると、歩行者から目に付かない横の路地に体を滑り込ませた。

ところが数歩も歩かないうちに、立っていることすら難しいほど両足ががくがくと震えだした。膝から力が抜けて、十和はコンクリートの壁にすがり付く。体が燃えるように熱くて仕方ない。

「十和！」

背後で息を切らしたアオイの声がした。

何か内側から呼応するように、ビクンと自分の体が大仰に震えたのがわかった。こめかみがどくどくと脈打っている。体中の血液が沸騰したように熱くなり、どっと汗が噴き出す。

風に乗って、ふわりとアオイのにおいがした。

どうしてそう感じたのか自分でもわからない。今までそうと意識して嗅いだことはなかったのに、異様に敏感になった嗅覚がこのにおいはアオイのそれだと確信する。

においが急激に強くなった。

「十和？　どうした、気分が悪いのか」

壁にぐったりと寄りかかった十和の異変に気づき、アオイが血相を変えて駆け寄ってきた。空気が混ざり合い、ふわりと流れ込んできたなんとも言えない甘いにおいが鼻腔に纏わり付く。

途端に神経が焼き切れるほどの強烈な痺れが全身を駆けめぐった。

「……っ」

がくっと頽《くずお》れそうになった十和の体を背後からアオイが抱きかかえる。

その瞬間、触れ合った箇所からどっと熱の奔流が一気に体内に流れ込んできた。

「ひっ――」

十和は咄嗟にアオイの手から逃れようと身をよじった。

すぐに何かを察したのだろう。アオイが言った。

「まさか、ヒートなのか」

十和は観念してこくこくと頷く。アルファの彼を巻き込むわけにはいかない。アオイには一刻も早くここから立ち去ってほしかった。

性衝動はますますひどくなる。どろりとした熱があっという間に体中をめぐり、苦しくてたまらない。だのに、アオイは離れるどころか、逃げる十和の腰を掬い上げるようにして一層引き寄せてきた。

「やっ、は……放して……っ」

「うっ」と、アオイが低く呻くように喘ぐ。「すごいにおいだ。以前嗅いだ女性のフェロモンとは全然違う。これが、十和のフェロモンなのか……」

「ち、近づいたらダメだって……はやく、むこうにいって……」

なけなしの力で押し返すも無駄だった。手を優しく払われたかと思うと、次の瞬間、十和の体はふわりと宙に浮く。気づくとアオイに横抱きにされていた。

「ちょっ、な……何して……っ」

「タクシーを拾おう。今の時間帯は道路もすいている。ここからならマンションまでそんなにかからない」

十和は抵抗しようとしたが、もうその余力もなかった。激しい疼きに耐えるだけで必死だった。

アオイは十和を抱いたまま路地を引き返した。運よく通りかかった流しのタクシーを掴まえて、一緒に乗り込む。

シートにもたれかかるようにぐったりとする十和を運転手が怪訝そうに見やる。だがおそらくベータだと思われる彼は何も言わなかった。十和の体から大量に漏れ出すフェロモンに気づくことなく、アオイの告げた行き先に向けてタクシーを発車させる。

車内で、何度もアオイが声をかけてきた。

「大丈夫か。もう少しだから、頑張って耐えてくれ」

そう耳もとで囁かれるたびに、十和は小刻みに体を震わせながら肩で息を繰り返す。アオイのにおいが充満した狭い空間は、まるで甘い毒の中で溺れているような錯覚をおこ越す。

頭の中で淫らな想像が止まらなくなる。早く、早く。この燃えるような体の疼きをどうにかしてほしい——。

間もなくして、タクシーがマンションの前に到着した。

有無を言わさずアオイが十和を抱き上げて、そのまま部屋まで運ぶ。十和の部屋のドアを乱暴に開けて、ベッドに下ろされた。

「十和、薬は？　強めの薬があっただろう」

「とっくに飲んだ。でもそれも全然効かなくて、こんなの初めてで……体がもう……たすけて……っ」

十和は両手を伸ばしアオイにすがり付いた。

顔の両側に手をつき、十和に覆い被さるようにしているアオイからごくりと息をのむ音が降ってきた。

「アオイさん、いいにおい……もっと、ほしい……」

強引に抱き寄せたアオイの逞しい首に鼻先を押し付けて、すんとにおいを嗅ぐ。眩暈がするほど強烈な雄のにおいがたちまち下腹に直結する。勝手に腰が浮き、もう痛いほどに張り詰めている中心をアオイの腰に擦り付けた。

アオイがびくっと大きく胴震いする。

「……あまり、煽らないでくれ。俺ももう我慢の限界なんだ。十和のフェロモンが強烈すぎて、さっきからまともに頭が働かない」

まともに頭が働かないのは十和も同じだった。たぶん、アオイよりもひどい。もう随分前からたった一つのことしか考えられなかった。この体の奥の激しい疼きを早くどうにかしてほしい。苦しくて切なくて、熱に潤んだ目から涙がはらはらと零れ落ちる。

「熱っ……あ、くるし……たすけて、アオイさん……お、願い……っ」

アオイがひゅっと息を吸い込んだ。

「……わかった。すべて俺のせいにして構わないから、今だけ俺に十和の全部を預けてくれ」

そう言い、いきなり噛み付くようにして唇を奪われた。

まるでようやく獲物にありついた飢えた獣の如く口内を乱暴に貪られる。反射的に引っ込めた舌を根もとから引きずり出されて、強引に搦め捕られた。

「んーーんぅ……っ」

激しいくちづけに十和も夢中になって自ら舌を絡める。

深いキスを交わしながらアオイが切羽詰まったようにスーツを脱ぎ捨てていく。次いで十和の衣服もあっという間に取り払われた。

きつかった下半身が解放されて、大量の先走りでべたべたになった下着から新鮮な空気を貪るようにぶるんと性器が飛び出す。

すでに腹につくほど反り返ったそれをアオイの手が包み込んだ。

「ンああっ」

たったそれだけの刺激で十和はあっけなく果てた。アオイが一瞬驚いた顔をして見下ろしてくる。

十和の顔は快感と羞恥にまみれて涙でぐしゃぐしゃだった。だが、発情は収まる様子もなく、白濁を撒き散らしたばかりの中心が再び芯を持ち首をもたげていることに気づくと泣きたくなった。奥の疼きはひどくなる一方だ。前を触っただけではおそらくこの疼きは治まらない。もっと奥深くの熱が溜まった場所を激しく抉ってほしくて、知らず知らず淫らに腰を揺らしてしまう。

ふいにアオイが手を伸ばしてきた。ぐしゃぐしゃの十和の顔を両手にそっと包むと唇を寄せて涙を吸い取る。

「泣かなくていい。まだ辛いだろ。すぐに楽にしてやる」

優しくそう言うと、アオイは十和の両の太腿を掴みぐっと持ち上げた。肉の薄い尻たぶがアオイの眼前にさらされる。

「あっ、や……っ」

恥ずかしさに思わず腰をくねらせるも体勢は変わらなかった。むしろ身じろいだせいで尻の後ろからつーっと透明な雫が流れ落ちる。それが先ほどからもどかしいほどに後孔を濡らしていた自分の体液だと知り、十和は顔に朱を散らした。オメガの体は構造上、発情すると女性のように後ろの窄まりから分泌物が出るようにできていた。

「すごいな、触らなくともうここがこんなにとろとろになっている」

アオイに指で後ろをいじられて、十和はひくんっと腰を跳ねさせた。

「や、そこ、触らないで……っ」

「だが、触ってほしいのはこの奥じゃないのか?」

先ほどよりも更に深いところを指で探られて、十和は喉をひくつかせる。どろりと後孔から蜜が溢れ出すのが自分でもわかった。アオイの言った通り、ずっと疼きが治まらないのはそこの奥だ。指では届かない最奥。

膝立ちになったアオイの中心を目の端で捉える。自分のものよりも格段に大きく逞しいそれに中をグチャグチャに掻き回されるのを想像して、喉が浅ましく鳴った。

涙を目に溜めながら十和はものほしげにアオイを見上げた。

「や……やっぱり、もっと……さわってほしい」

途端にアオイがくっと眉間に皺を寄せる。

情欲を滲ませた目に見つめられて、体の奥がひときわ強く疼いた。

「……んっ、ぁ、は、早く……っ」

「タチが悪いのはオメガの性じゃなく、十和のそのかわいさだと思うぞ」

吐き捨てるように言って、十和の腰をぐっと引き寄せた。自身の体液でやわらかくほころびたそこに、アオイがいきり立った屹立を押し当ててくる。

「あ……熱っ、――あっ」

ぐうっと先端が入ってきて、甲高いよがり声が勝手に口から押し出される。強い圧迫感と多少の苦痛はあったが、すぐにそれも気にならなくなるほど粘膜を擦り上げられる初めての感覚に夢中になっていった。

アオイが小刻みに腰を揺すりながら、確実に奥深くまで自身を埋めてゆく。

やがて最奥の一番敏感な部分まで貫かれた。

初めてアルファのものを受け入れた中が灼けるように熱い。

苦しくて体がバラバラに壊れてしまいそうだったが、アオイに抱かれているのだと思うと、たちまちこの苦痛も快楽にすり替わるような気がした。

「はっ……はぁっ、信じられない……十和の中は、こんなにも気持ちいいのか……」

アオイが恍惚とした表情を浮かべて、ゆっくり腰を律動し始める。浅い呼吸音とともに瞬く間に動きは加速していった。十和の体を貪り尽くすように一心不乱に腰を動かす。

最奥まで一気に突き入れられて、十和は仰け反って喘いだ。何度も激しく抜き差しされ目の前に火花が散る。

思考が散漫になる中、胸に溜まっていた言葉が押し出されるようにぽろぽろと口から溢れ出た。

「あ、あ、あっ、俺、アオイさんに、謝らなきゃいけないことが、あって……っ」

「なんの話だ」

「アオイさんと……こっ……香坂さんが話してる、の……き、聞いちゃって……俺だけ、自分勝手な、最低なこと……思って、た……から……」

奥を穿たれながら、十和は喘ぐように言った。

「俺、ずっと、アオイさんのままでいてほしくて……っ、記憶、戻ってほしくないなんて思ってしまって、ごめんなさい……っ」

「――……」

腰骨を痛いほど強く掴まれて、勢いよく腰を叩き付けられた。

十和は悲鳴を上げる。アオイの腰使いが一層激しいものになる。そうかと思うといきなり十和の腰に手を回して、つながったまま強い力に引き起こされた。

向かい合って座した体勢で、下方から一気に貫かれる。

「ああ――っ」

自分の重みによって、これまでよりも更に深いところまでアオイを受け入れる。アオイはベッドのスプリングの力を借りながら断続的に十和を攻め立てた。

「ひ、あぁっ」

「心配しなくても、俺は十和の傍から離れない」

十和を抱きしめながら、耳もとでアオイが甘く掠れた声で囁く。

「んっ、ほ、ほんとうに……?」

「ああ、約束する」

頷いたアオイが再び腰を突き上げてくる。十和も安心して、純粋に快楽のみを追い始めた。感じるままに喘ぎ、もっとほしいと貪欲に求める。

互いの射精を促すように十和を激しく揺さぶり続けるアオイの顔は、汗にまみれてどこか嬉しそうに見えた。

※　※　※

ひどく心地よいまどろみから目覚めると、隣に十和の顔があった。

自然と頬が緩むのが自分でもわかった。

理性が飛ぶほどの強烈な欲望に突き動かされた体は、今は嘘のようにすっかり落ち着いていた。心は穏やかで、充足感に満ちている。

十和は精根尽きて意識を失うように眠りに落ちてしまった。その寝顔はあどけなく、思わず頭に浮かんだ言葉が口から零れ出た。

「なんてかわいい……」

どうしようもないくらいに、体中から十和へのいとしさが溢れ出す。

過去の記憶を失っても、この感情がなんなのかは知っていた。

脳裏にふとヒートで我を忘れた十和の声が蘇った。

——俺、ずっと、アオイさんのままでいてほしくて……っ、記憶、戻ってほしくないなんて思ってしまって、ごめんなさい……っ。

十和は泣きながら謝っていたが、アオイの本心は別だった。謝る必要はない。なぜなら十和のむき出しの本音を知って、密かに歓喜する自分がいたからだ。

あったはずの過去をまっさらにされて、何も残っていない自分は、ただの空っぽの器だった。

中に入っている今の自分は、果たして本当の自分なのか。

誰一人自分のことを知らない世界は、存在自体を否定されているようで恐ろしかった。

自分が何者なのか、早く思い出したいのに何一つ思い出せない。

ふとした瞬間に押し寄せてくる抱えきれない不安と焦燥を、笑顔一つで忘れさせてくれたのは十和だった。

自分は十和に救われている。

夢を追いかけて頑張る十和を見ているとこっちも元気になる。心の支えだ。癒やしだ。あの笑顔を守るためならなんだってする。いつだって十和には笑っていてほしい。それだけでアオイは幸せな気分になる。

気づけば自分の中で十和の存在は何よりも大切なものになっていた。

アオイこそ、できることなら今の自分のままで、この先もずっと十和の傍にいたいと願っている。

いっそ、記憶が戻らなければいい——そんなことをいつしか思うようになっていた。

十和も同じ気持ちでいてくれているのだろうか。

そうだったら嬉しい。

すんとアオイは空気を吸い込んだ。

十和のにおいがする。

オメガのフェロモンは性欲に直結する強烈なものだったが、今の十和のにおいは違う。

もっとやわらかで甘い、嗅ぐと心がふわりとあたたかくなるような、優しいにおいだ。

多少の距離があっても、なぜだか十和のにおいだけは嗅覚が感じ取った。体臭とはまた別の、魂が惹かれ合うみたいな不思議なにおい。

カタンと音がした。

見ると、本棚の一角で、立てかけてあった新しい額縁が倒れていた。

アオイはぐっすり眠る十和を起こさないように気をつけてベッドを出る。

脱ぎ捨てた下着を身につけてから、倒れた額縁を起こした。

額に入った鉛筆画は十和が大切にしている宝物だ。その横には蓋付きの透明なケースが並べて置いてあって、中にはファンレターが入っていた。これも十和の宝物。

どれもきっと、アオイのように十和に勇気付けられた人たちが感謝の気持ちを込めて送ったものだ。それらを宝物だと言う十和がとても誇らしく、いとしかった。

同じ段に見覚えのあるアクリルスタンドも置いてあった。タヌキのようなキャラクター、ポンスケである。射的の屋台で見つけて、十和がほしがっていた景品をアオイが撃ち落としたものだ。

「あの日は楽しかった。十和が喜んでくれて、一緒に祭りを堪能できて……」

この一角は十和の宝物を集めた場所だ。そこにこのアクリルスタンドも一緒に並べてあるのがなんだか無性に嬉しかった。大切にしてくれているのだ。その十和の気持ちが、アオイにとっては宝物だった。

ふわふわと幸せな気持ちに浮かれていると、ふと本棚の下段に目が留まった。

一番左にハードカバーの小説があった。漫画が多い中、一冊だけ硬質な書籍が目立つ。先日、十和がキャストオーディションを受けた映画の原作本だ。どうしてもこの役は受かりたいのだと、いつになく意気込んでいた十和を思い出す。

確かに、これはいい話だった。時間を忘れて夢中でハードカバーを捲った懐かしい思い出が脳裏をよぎる。今思うとひた向きな主人公は十和のイメージにとても近い気がする。

オーディションに受かってほしい。十和ならきっと受かる。

そう考えて、ふと疑問が湧いた。ハードカバー？　自分が読んだのは文庫版だ。それも十和がオーディションを受けると知ってから、慌てて書店で購入したのだ。ハードカバー仕様の初版は今初めて目にして、捲ったことすらないはずだ。しかもそれを懐かしいと、なぜそんなふうに思ったのか。

「……？」

首を傾げつつ、目線を横にずらす。

隣には漫画の単行本がずらっと並んでいた。中でも目を引いたのは中央に順に並べられた人気シリーズのタイトルだ。

「そういえば、十和が料理の参考になると言って読んでいたな」

十和の愛読書である。アオイはなんの気なしに一巻を手に取った。

パラパラと捲る。緻密に描かれた絵が目に飛び込んでくる。唐突に落雷を受けたような衝撃が全身に走った。

「……一巻の終わりに登場させたキャラが予想外の人気を得た。こいつと主人公がタッグを組んで大会に出場するのが三巻……」

棚から急いで三巻を手に取る。捲ると、思った通りの展開が繰り広げられていた。

この漫画は十和が夢中で読んでいるのを眺めていただけで、アオイ自身は表紙を捲ったこともないはずだ。なのになぜかこの先の話が手に取るようにわかってしまう。動揺し、混乱した。まるで頭の中にコミックの全話がダウンロードされているかの如く、脳内で勝手に話が進んでいく。

なぜ、俺はこんなことを知っているんだ——？

「この巻で初登場したライバルキャラはファン投票一位になった。こいつのおかげでアンケートも連続一位になって、単行本の売り上げが一気に伸びたんだ。主人公がライバルと手を組んだのが十巻。この時、主人公が生姜焼きをライバルに食べさせて――」

ふいに脳裏に閃光が走った。唐突に細切れの映像と音声が流れだす。


――あー、おなかが減った！　今すっごく生姜焼きが食べたい、がっつり生姜がきいたやつ。ピリッと辛い生姜多めの甘辛ダレがクセになるんですよね。炊きたての白米と一緒に食べると最高。俺の大好物なんです……。

〈鈴原トワ（ヒサメ役）　最近ハマっているもの　ポンスケ。この緩くて愛くるしいキャラに毎日癒やされてます。グッズを見かけるとつい手が出てしまう！〉


バサッと床に漫画が落ちた。はっとアオイは我に返った。

「なんだ、今のは……？　――ッ」

突然頭に強烈な痛みが走った。吐き気が込み上げてくるほどのひどい頭痛に立っていられなくなり、頭を抱えてその場に蹲る。

「はあ、はあ、はあ……うっ」

頭を鈍器で何度も殴られているかのようだった。脂汗が滲み、強い眩暈に視界が歪む。わんわんと耳鳴りがして、脳内にいくつもの映像が雪崩のように押し寄せてくる。一瞬にして意識がのみ込まれた。

「……っ、俺は――」

気づくと、頭痛は嘘のように治まっていた。代わりに心臓が早鐘を打っている。

しばらく茫然としたまま、虚空を見つめていた。

# 8

翌日、十和は急遽川瀬から呼び出されて、あるドラマの撮影現場にいた。

来年一月クールの新ドラマである。

弁護士と探偵が事件を解決していくバディものだが、これには事務所の先輩である綾藤《あやふじ》が探偵の助手役としてレギュラー出演している。

撮影自体はすでに始まっていて、今はもう第六話の脚本が配られていた。

川瀬と合流して、詳しい事情を聞かされる。

「トワの役はこの被害者である大学生の弟。出番自体は少ないけど、セリフもあるから。今から覚えて。決まっていた役者が昨日の深夜遅くにバイク事故を起こしたらしいの。急遽代役を立てることになったって聞いて、ダメもとで監督にかけ合ったら、すぐ呼べるかって言われてね。この前の森若さんのドラマにトワが出たのを見てくれていたみたい。あの子なら使えるって言ってもらえた。頑張ってちょうだい」

「はい、頑張ります」

楽屋は用意されていないので、行き交うスタッフの邪魔にならない場所で渡された台本を頭に叩き込んでいると、ふいに肩を叩かれた。

「よう、トワ。久しぶり」

顔を上げると、綾藤が手を上げて立っていた。

「綾藤さん！　お久しぶりです」

「最後に会ったの半年以上前だっけ。元気だった」

「はい。綾藤さん、最近は全然事務所に顔出してくれないですもんね。テレビではよく見ていましたけど、会えなくて寂しかったですよ。お仕事忙しそうで何よりです」

「おかげさまで、今年に入ってから全然休みがもらえない。まあ、今突っ走らないでどうするんだって感じだけど。ようやくバイト生活から抜け出せたんだし」

「羨ましい限りですよ」

本当は今日もバイトのシフトが入っていたが、マスターに頼んで休みをもらってここにいる。マスターも若い頃は役者を志していたことがあったそうで、十和の芸能活動を応援してくれていた。今回のような急な仕事にも融通をきかせてくれて、マスターには世話になりっぱなしだった。いつか恩返しできるように頑張らなくてはと思う。

綾藤が思い出したように言った。

「そういえば、新しいマネージャーが入ったんだろ？」

「ああ……はい」

一瞬、どきりとした。たちまち脈拍が速まるのがわかった。すでに頬が熱い。動揺が表情に出ないように内心で落ち着けと必死に自分に言い聞かせる。

とはいえ、今日はまだアオイの姿を見ていない。

今朝目が覚めると、もうアオイは出かけた後だったからだ。ベッドサイドには、仕事で先に出かけると書き置きが残されていた。体は気だるかったが妙にすっきりとしていたぶん、拍子抜けした気分だった。

同時に、不安が込み上げてきた。

アオイをオメガのヒートに巻き込む形になってしまったのだ。こうならないように抑制剤を服用していたにもかかわらず、結果として本能が性欲に支配されてしまった。いつもなら薬で抑えられていたヒートが、なぜアオイの前でだけ薬の効果もむなしく始まってしまったのか自分でも自分の体がよくわからない。幸い、イレギュラーだったせいか性衝動が長引くことはなく、今朝起きたらあの強烈な体の疼きは嘘のように治まっていた。

昨夜のことは朧げながら、何があったのかはだいたい覚えている。

だが、十和はアオイとこうなったことを後悔していなかった。むしろ、いつかこうなりたいと心のどこかで望んでいた気がする。

しかし、アオイがどう思っているのかはわからない。

仕事で朝早くから出かけたようだが、本当に仕事かどうか。もしかすると、十和と顔を合わせないための口実かもしれなかった。今現在アオイがどこにいるのかも不明だ。電源を切っているのか、朝から電話もつながらず、メッセージも既読にならない。

以前、アオイがオメガのフェロモンに煽られて十和にキスした時のことが頭をよぎる。その翌日、彼は十和の前に現れたかと思うと、申し訳なさそうに顔を歪めて、突然家を出ると言い出したのだった。今回も思い詰めておかしな行動に出なければいいのだが――。

妙な胸騒ぎがして落ち着かない思いでいると、綾藤が言った。

「その人、アオイさんだっけ？　俺はまだ会ったことないんだけど、今回のトワのキャスティング、そのマネージャーさんが必死になって監督にかけ合ったって聞いたよ」

「……え？」

十和は思わず聞き返した。

「かけ合ってくれたのは川瀬さんじゃなくて？」

「いや、川瀬さんがそう言っていたんだよ。俺は今日は別の現場からこっちに入ったから見てないんだけど、早朝から来てたらしい。川瀬さんが自分の出番がなかったって笑ってた」

咄嗟に周囲を見渡した。だが、いつものブラックスーツは見当たらない。

十和は綾藤と別れると、急いで川瀬を捜した。

「川瀬さん、アオイさんは？」

「アオイくん？　ああ、すみれと一緒だと思うけど。すみれが何か相談があるとかで」

心臓がどくんと嫌なふうに跳ねた。

まさか思い詰めたあげく、催眠療法で記憶を取り戻すつもりなんじゃ――。

「川瀬さん、香坂さんと連絡がつきますか」

「え？　今日はアオイくんと会ったら、その後は大学に行くって言っていたけど。どうしたの、すみれに何か用事？」

十和はそうじゃないとかぶりを振った。

「アオイさんと連絡が取りたいんですけど、全然電話がつながらなくて……」

「俺がどうかしたのか」

声がして、十和ははっと振り返った。ブラックスーツのアオイが立っていた。

「香坂さんは大学に行きました。授業が終わった後にまた合流して、CMの打ち合わせでヒノデ飲料さんの本社に伺う予定です」

アオイが川瀬に向けて言った。川瀬が頷く。

「了解。で、すみれの相談ってなんだったの？」

「いつものやつです。また彼女の思考がネガティブ寄りになっていたので、話を聞いていました。今日の打ち合わせは問題ないかと。さっきスタッフさんに確認したんですが、まだ十和の撮影まで時間がありますよね。間に合ってよかった。十和、ちょっといいか」

アオイに手招きされて、十和は戸惑いながら後をついていった。

スタジオの外に連れ出される。

人目につかない場所まで来て、ようやくアオイが足を止めた。

「十和、これを」

スーツのポケットから小さな箱を取り出した。

「何これ」

「緊急避妊薬だ」

十和は目を瞠った。アオイが申し訳なさそうに言った。

「昨日は俺も抑えがきかず、その……きちんと避妊ができなかったから、これをすぐに飲んでくれないか。情けないことに、俺はアルファとしての自覚が足りなかった。準備もせずにがっついてしまった上に、十和の体に負担をかけてしまうことになって本当に面目ない」

「これ、わざわざ買ってきてくれたの」

訊ねると、アオイがいつになく困惑した様子で言った。

「もしかして、十和には別に普段使用している薬があったか。どれを買えばいいのかわからなくて、店員に勧められたものにしたんだが、こういうのは自分にあったものを飲んだ方がいい。気にせずいつものものを飲んでもらって……」

「普段から飲んでる避妊薬なんてないよ」と、十和は慌てて否定した。「だ、だいたい、ヒートで誰かとあんなふうになったこと自体が初めてだし。でも、お守り代わりに避妊薬は携帯していて、今朝飲んできたんだ。オメガの性に生まれたからにはこういう教育はちゃんと受けているから。後々泣くことがないように、自分の身は自分で守らないと」

「――そうか」

アオイがほっとしたような、だがどこか複雑そうな表情を浮かべた。

「でも、ありがとう。気遣ってくれて。アオイさんの方こそ、俺のヒートに巻き込んでしまってごめんね。アオイさんの場合、アルファとしての自覚がまだあやふやなままにオメガのフェロモンに引きずられて、無理やり発情したようなものだから。気をつけていたつもりだったんだけど、なんでこんなことになったのか俺にもよくわからなくて。今回のことは本当にごめん……」

「謝るな」

アオイが怒ったような口ぶりで遮った。「十和が悪いわけじゃない。何かしらの理由でホルモンバランスが崩れたのかもしれないし、普段から気をつけていたにもかかわらず突発的に起こってしまったのなら、対処のしようがない。これは仕方のないことだ。むしろ、そういう場で十和の傍にいたのが別のアルファでなくてよかったと、俺は心底思ったよ。あの時すぐに駆け付けて十和を見つけることができてよかった。体の具合はどうだ？　どこか痛むところはないか？」

心配そうに問われて、十和はふるりと首を横に振った。強いて言うなら、たった今胸がぎゅっと鷲掴まれたみたいに苦しくなった。

十和のヒートに居合わせたのが別のアルファでなくてよかったというのは、どういう意味でそんなことを言ったのだろう。まるで自分以外のアルファに十和を触らせたくないとでもいうような、独占欲じみたセリフに脳が勝手に変換して、カアッと頬が熱くなった。

「アオイさん、ありがとう」

「うん？」

「今日のこのドラマの仕事、アオイさんが必死になって監督にかけ合ってくれたって聞いて、びっくりした」

「ああ、今朝早くに川瀬さんから連絡をもらったんだ。十和にチャンスがもらえるならと思って、急いで駆け付けたんだ」

交渉が上手くいってよかったとアオイがはにかむように笑った。十和の胸が甘く疼く。

「アオイさんがおかしなことを考えなくてよかった」

「おかしなこと？」

「昨日、香坂さんと話していたでしょ。記憶を取り戻すための催眠療法があるんだって。ごめん、実は俺あの場にいて、聞いちゃったんだ」

「ああ、そうらしいな。覚えていないのか、昨夜も自分から話していたぞ」

「え、そうなの？」思わぬアオイの切り替えしに十和は面食らった。行為の記憶は鮮明だが、情事に耽る自分が最中に何を口走ったかなんて覚えていない。十和は頬を火照らせて続けた。「もしかしたら、アオイさんが今日も香坂さんと会っていたのは、催眠療法に興味を持って一緒にクリニックを訪れているのかもしれないと思って、焦った。ほら、前に家を出ていくって言いだした時みたいに、今度は早く記憶を取り戻して俺の前から消えようとしてるんじゃないかと考えたら不安で」

アオイが虚を突かれたような顔をした。

「その話は断った。今の俺に催眠療法なんて必要ない。安心してくれ、十和の傍から離れたりしないから」

優しく頭をぽんぽんとされる。見上げると目が合った。アオイがやわらかな微笑みを浮かべる。それだけで胸のざわつきが嘘のように消える。

よかった。十和は心底安堵した。アオイが記憶の回復に執着していないとわかって、不謹慎で身勝手だとわかっていながらも、やはり嬉しかった。

「時間は大丈夫か」

アオイがスマホを取り出して時刻を確認した。

「あれ、スマホ替えたの？」

「え？」と、アオイが目を瞠った。「あ――ああ、うん。ちょっと調子が悪くて、これは借り物なんだ」

「あ、なんだ。そうだったんだ」

十和は思わず笑んでほっと息を漏らした。電話がつながらないのも、メッセージが既読にならないのも、スマホが故障したのならすべて納得がいった。

「じゃあ、俺は先に戻るね。台本覚えなきゃいけないし」

「頑張れよ。見守っているから」

アオイのその言葉に十和は顔をほころばせた。

ところが無事に撮影を終えて、十和はスタジオ中を捜したが、いるはずのアオイの姿はどこにも見当たらなかった。

その日から、アオイは仕事を理由に、家に戻らないことが増えた。


あれ？

ふとその違和感に気づいたのは、バイトに出かける前のリビングでのことだった。

テレビボードの引き出しが僅かに開いている。

いつからこうなっていたのだろうか。気がつかなかっただけで、ずっと前からこうだったのか。

「いや、二日前に拭いた時にはちゃんと閉まっていたはず」

少し埃が目立ったので、ハンディーモップでボードの上を拭いたのだ。忙しいアオイにこれ以上の負担をかけないように、十和も家の中のことはできることを自分でやるようにしていた。帰宅が遅かったため掃除機はかけられなかったが、目立つ埃をモップで取り除くくらいはしておいた。ここ最近は埃を気にしたことがなかったし、珍しいなと思ったのだ。十和がずぼらというよりは、アオイの手が部屋の隅々まで行き届いていたので、埃を目にすることがなかったという方が正しい。

ちらっと目線を横に流した。

ソファの上にドラム式洗浄機から取り出したばかりの洗濯物が積み上がっている。いつもならきっちり畳んで置いてあるのに、ここ最近は乾燥を終えた状態で衣服が洗濯機の中に取り残されていることが増えた。今も十和が気づいて、取り出したところだ。

別に文句を言っているわけではない。これまでがアオイに甘えすぎていたのだ。アオイはアオイで十和の世話を焼くのが自分の役目だと思い込んでいる節があり、本人も完璧主義なところがあるので、十和もついアオイの言葉を真に受けて頼ってばかりいた。

そんなアオイが、このところどこか様子がおかしい。

プライベートだけでなく、仕事中もどこか上の空で、いつもは聞き逃さない話をスルーして慌てていた。電話をしてもつながらず、確認事項の連絡が抜けていたこともあった。

夜も遅く、十和と一緒に帰宅した後、電話を受けてすぐにまた出ていくことも一度や二度ではなかった。昨日は十和が起床した時刻にもまだ帰宅しておらず、仕事の現場でその日初めて顔を合わせたアオイはなんだかひどくやつれたような顔をしていた。

「働きすぎなんじゃないかな……」

あんな顔色の悪いアオイを見てしまったら心配もする。

それなのに、冷蔵庫の中は常備菜が入った保存容器でぎっしりと埋め尽くされていて、十和がいつでも食べられるようにしてあるのだ。

あれを作る暇があるのなら、そのぶんを自分の休息に当ててほしい。アオイこそ、きちんと食事をとっているのだろうか。最近は擦れ違いが多く、ゆっくり一緒に食事をする時間もない。ダイニングテーブルにアオイが座っているのをもう何日も見ていなかった。

昨夜も帰ってこなかった。

一応十和には仕事で遅くなると連絡をくれるものの、どこで何をしているのかは不明だ。

「香坂さんの方が忙しくなってるのかもな」

独り言が思ったよりも大きくて、自分でも驚く。

置き時計を見やり、まだ大丈夫だと確認して十和は引き出しを開けた。

中には外国の菓子が入っていた飾り箱が置いてあった。

その箱もほんの少し蓋が浮いていて、完全に閉まっていない。位置も記憶にある場所よりもずれていた。もちろん、十和は動かしていない。

この箱がここにあることを知っているのは自分以外にもう一人。

「アオイさんが開けた……？」

胸騒ぎを覚えた。

箱の中に入っているのは鍵だ。記憶喪失になったアオイが九十九の名刺とともに所持していたもの。アオイのルーツを知る唯一の手がかりである。大事なそれをなくしては困るからと、アオイが見ている前で十和が箱に入れて引き出しにしまった。

しばらくその存在を忘れていた。間で見ることもなかったし、アオイとの話題にも上ることすらなかったからだ。

心拍が速まる。

十和は引き出しから箱を取り出した。ゆっくりと蓋を開ける。

箱の中にあるはずの鍵はなかった。


鍵を持ち出したのはアオイだ。それは間違いないだろう。

あの鍵がなんなのか、十和は知らない。記憶をなくしたアオイも知らないはずだ。

それなのに、アオイがわざわざ鍵を持ち出す理由はなんだろう。

十和はあれから何度か箱を開けて中を確認している。箱に鍵が戻っている時もあれば、なくなっていることもある。鍵がない時、アオイは明け方になって帰宅するか、あるいは一晩戻ってこなかった。そんな日が更に一週間ほど続いた。

顔を合わせるたび、アオイがやつれていくのも気になった。

表面上はいつも通りテキパキと振る舞っているし、十和への気遣いも忘れない。世話焼きなところは相変わらずだ。

なのに、嫌な予感は尽きなかった。

「十和、口の横についてる」

「え？」

久しぶりに一緒にランチをしているところだった。午前に事務所のキッチンでキツネ先生とのクッキング動画を撮影した後、アオイを強引に誘い出したのである。

事務所の近くの洋食店、十和とアオイはオムライスを注文した。

デミグラスソースがついていると指摘されて、十和は慌てて指で唇を拭った。

「いやそこじゃない。そっちでもなくて……ちょっと手をどけて。じっとしていてくれ」

アオイが腰を浮かし、対面から伸び上がるようにしてナプキンでそっと優しく拭き取ってくれた。一瞬間近にアオイの美貌が迫って、途端に十和の心臓がうるさく鳴りだす。

「あ、ありがとう」

「口というより、頬だな。どうやったらそんなところにつくんだ」

アオイがくすくすとおかしそうに笑う。

少し痩せてより鋭角的になった頬のラインが野性味を帯びて、しばらくまともに顔を合わせないうちに急激に色気が増したように思えた。動悸が一層激しくなる。

「アオイさん、全然食べていないよ」

アオイの前に置かれたオムライスはほとんど減っていない。同じタイミングで運ばれてきたのに、十和はもうすぐ食べ終わりそうだ。

サラダをつついていたアオイが、バツが悪そうに笑った。

「食欲があまりなくて、よかったらもう少し食べないか」

「……じゃあ、もらう」

アオイの皿からオムライスを半分取り分けて自分の皿に移す。

「最近、あまり家に帰ってこないよね。そんなに忙しいの？」

芸能マネージャーの仕事は激務だ。これまで川瀬が受け持っていた仕事を少しずつアオイに任せるようになったと聞いている。仕事のできるスタッフが増えて川瀬は喜んでいたが、反対にアオイの負担は増えたに違いない。

「ああ、うん。ちょっといろいろと立て込んでいてな。なかなか戻れなくてすまない。家事が溜まっていないか？　冷蔵庫に作り置きのおかずを入れておいたが、ちゃんと食べているか」

「それはこっちのセリフだよ。アオイさん、きちんと食事して睡眠を取ってる？　顔色が悪いよ。心配になる」

アオイが軽く目を瞠る。ふっと嬉しそうに微笑んで言った。

「ありがとう。十和は優しいな。その言葉だけで、俺は百人力だ。なんでも頑張れる」

「ダメだよ、頑張りすぎは。ちゃんと休まないと、アオイさんが倒れたらどうするんだよ」

覚えず口調がきつくなった。アオイが虚を突かれたように押し黙る。

「……やっぱり十和は優しいな。思っていた通りだった」

「え？」

声が小さくて聞き取れず問い返すが、アオイは黙って頭を左右に振るだけだった。

食事を終えて、店を出る。

結局、アオイのオムライスはほとんどが十和の胃の中に収まってしまった。十和の食べっぷりを眺めて、「本当に美味そうに食べるな。見ているだけで幸せな気分になる」と、アオイはコーヒーを啜りながら満足げだった。

「十和はこの後バイトか」

「うん。このまま直行するつもり。アオイさんは、事務所に戻るの？」

「ああ」と、アオイが頷く。

「今夜も遅くなる？」

「そうだな。先に寝ていてくれ。戸締まりはきちんとしろよ」

ふいにアオイが長い腕を伸ばして十和の頭を撫でた。まるで大切な宝物をそっと愛でるような優しい手つきに、十和は戸惑う。頭を撫でる仕草は変わらないのに、なぜか以前とは違う気がしてドキドキする。

ちらっと上目遣いに見上げると目が合った。アオイがふわりと微笑む。今まで以上に甘みを帯びた優しい顔に見えるのは気のせいだろうか。

どくんと心臓が鳴った。途端にアオイが触れている部分からぶわっと甘い熱が体内に流れ込んできて、焦った十和は急いで身をよじるようにしてアオイから離れた。下腹の奥がずくんと疼く。必死に耐える。こんなところでまたヒートを起こすわけにはいかない。

ちょうどそのタイミングで二人の横を自動車が通り過ぎる。

高鳴る胸を内心で叱咤しつつ、十和はアオイに言った。

「そ、それじゃ、行くね」

「ああ、気をつけて」

「……アオイさんも無理しないで」

アオイがやわらかく目を眇めて笑った。

路上でアオイと別れる。

十和は駅に向かうふりをして、路地を曲がったところで立ち止まった。踵を返し、物陰から先ほど自分たちが立っていた場所を窺う。

アオイもすでに歩きだしていた。事務所に戻るように見えたが、左折するところをなぜか直進する。

十和は後を追いかけた。バイトのシフトまでまだ二時間ある。アオイには嘘をついた。アオイも嘘をついている。事務所に戻ると言いながら、向かっているのは別の方角だ。

今朝、引き出しの箱を確認すると、鍵が消えていた。

寝る前には箱に入っていたので、十和の就寝中に一度帰宅したアオイが持ち出したのだろう。

やがてアオイがタクシーに乗り込んだ。

十和も急いで流しのタクシーをつかまえると、運転手に「前のタクシーを追ってください」と言った。運転手が一瞬怪訝そうな顔をしたが、深くは訊かず発車させる。

タクシーは住宅街に入っていった。

懐かしい景色が通り過ぎて、ここがどの辺りなのか思い当たった。大きな一戸建て住宅が目立つ高級住宅地を抜けた先、マンションやアパートが立ち並ぶ地域に、十和は以前住んでいたことがある。九十九に呼ばれて今のマンションに住み移る前、事務所のオーディションに受かって十八歳で上京し、古い安アパートで一人暮らしをしていたのだ。

「……ここ、家しかないのに。こんなところになんの用があるんだろう」

住宅地を走る広い通りで前方のタクシーが止まった。ドアが開き、アオイが降りる。

「すみません、ここで降ります」

十和も急ぎ、後部座席に取り付けてあるタブレットにスマホをかざして料金を精算するとタクシーを降りた。アオイが歩いていった方へ全速力で走る。

すぐにアオイの後ろ姿を見つけて、そこからは速度を緩める。一定の距離を空けてしばらく尾行すると、アオイがある一軒家の前で立ち止まった。慣れた様子で門扉を開けて中に入っていく。

十和は再び全速力で距離を詰め、門に身を隠して中の様子を窺った。

大きな日本家屋だ。建物自体は年季が入っていそうだが、あちこち修繕してあるようで古いようには感じられない。二階建ての立派な一戸建て住宅だ。

玄関ドアの前に立つアオイが、スーツのポケットから何かを取り出す。鍵だった。星空模様のプレートキーホルダーが指の隙間から揺れるのが見えた。

その鍵をアオイは迷うことなく鍵穴に差し込んだ。

人けのない静かな昼間の住宅街にカチャッと金属音が響き渡った。

玄関の鍵が開いた。

ドアを開けたアオイは当然のように中に入っていった。

ドアが静かに閉まった。

十和は茫然としばらくその場に立ち尽くした。

俄に自分の目を疑う。何が起きたのかわからない。今見た光景が信じられなかった。

例の鍵はこの家の鍵だった。

問題は、そのことをアオイが知っていて、実際に自分でこの家までやって来て躊躇なく鍵を開けたことだ。

「まさか、アオイさんの記憶が戻っている……？」

十和は混乱した。

いつからだろうか。

鍵がなくなっていることに十和が気づいたのが一週間前。更にその少し前から、アオイは仕事を理由に戻らないことが増えた。

マンションに帰ってこなかった日、アオイはこの家にいたのだろうか。

もし記憶が戻ったのだとしたら、どうしてそのことを十和に黙っているのだろう。何もかもを思い出したというのなら、それは喜ばしいことだ。めでたいことではないか。十和に事情を説明して、堂々と箱から鍵を取り出せばいい。なのに、なぜこそこそと十和に隠れるようにして、わざわざ不審な行動をとらなければならないのか。意味がわからない。

門の表札にはローマ字標記で『ＮＯＧＩ』とあった。

これがアオイの本当の名前なのだろうか。考えれば考えるほどわけがわからなくなる。先ほどまで一緒にいたアオイは、疲れているようだったが、言動はいつもの彼となんら変わらなかった。

十和の家で居候をし始めてからの、世話焼きで心配性なアオイだった。

頭を撫でてくれる手も相変わらず優しかった。むしろ、今まで以上に優しいと感じるくらいだった。

あれは演技だったのだろうか。だとしたら、俳優顔負けの演技力だ。でも、彼がそんなことをする理由がわからない。

ふいにスマホの着信音が鳴った。

びくっとした十和は慌てて上着のポケットからスマホを取り出す。川瀬だ。

「もしもし、川瀬さん？」

『もしもし十和？　今話しても大丈夫？』

「はい、大丈夫です」

話しながら、十和は身をひそめていた門から一旦離れた。往来の向かい側に移動する。

『先週放送された「カンタン時短クッキング」、あれ反響がすごいことになっているわ。番組側からも連絡をもらって、ここ一年で一番視聴率がよかったそうよ』

「……そうなんですか」

『何よ、あんまり嬉しくなさそうね』

「いえ、そんなことないです。ちょっとびっくりして――すごく嬉しいです」

『それでね、これはまだ確定ではないんだけど、冬休み企画でまたキツネ先生とのコラボができないかって話があってね。アオイくんとも相談して決めたいんだけど、今日はもう彼は帰っちゃったから』

「帰ったんですか？」

『そう。調子が悪そうだったから、今日は強制終了。今はそんなに仕事が溜まるわけでもないし、ここのところ忙しそうにしていたからね。タブレットを持ち歩いて、ずっと険しい顔で画面と睨めっこしていたもの。まあ、彼真面目だし、自分なりにいろいろとやっておきたいことがあったみたいね』

「あの、川瀬さん」十和は訊ねた。「アオイさんのスマホって、もう直ったんですよね」

一瞬間が空いて、川瀬が答えた。

『スマホ？　なんの話？』

「一時期調子が悪くて、別に借りたって言っていましたけど」

『え、そうなの？　変ね、私は聞いていないわ。アオイくん、そんなこと何も言っていなかったけど』

「あ、そっか。すみません、ちょっと勘違いしていました。アオイさんじゃなくて、バイト先のマスターの話だった」

『えー、何よそれ』と、通話の向こう側で川瀬が笑う。十和も笑ったつもりだったが、自分の顔がひどく引き攣っているのは見なくてもわかった。

その時、視界の端に足早に通り過ぎてゆく女性の姿を捉えた。

川瀬と話しながら、なんとはなしに目で追いかけたその女性が、先ほどの門の前で立ち止まった。吸い込まれるようにして中に入ってゆく。

「す、すみません。急用を思い出したんで、切ります。失礼します」

急いで通話を終えると十和は走った。門にへばりつくようにして、その先を窺う。

二十代前半くらいの若い女性が立っていた。ショートボブの小柄なかわいらしい人だ。

彼女が鳴らしたドアチャイムの音が外まで響く。

すぐに中から玄関ドアが開いた。スーツではなくラフな格好に着替えたアオイが顔を出す。どれも十和には見覚えのない衣服だった。

「先生！」

途端に彼女がアオイに抱き付いた。

「生きてたんですね。ずっと音信不通で心配したんですよ。そうかと思えば急に電話をかけてきて今から来いって言うし」

「うっ……いきなり体当たりするな。悪かった。ちょっと旅に出ていたんだよ」

初めて聞くような気だるげな物言いでアオイが冗談交じりに応じる。

「旅？　どこにですか」

「んー、近いようで遠いところ？」

「もう、なんですかそれ。それで、完成したって本当ですか？」

「ああ、とりあえず中に入って話を――」

会話が遠くなり、ドアが閉まった。

誰もいなくなったポーチを凝視したまま、十和は長い間その場から動けずにいた。

9

――先生！

と、あのショートボブの彼女は、確かにアオイのことをそう呼んだ。

先生とはなんだろうか。

教師、医者、弁護士、それとも政治家？

どれもアオイのイメージには当てはまらない。いや、十和が知っているアオイは本当のアオイではなくて、実際のアオイは十和の知らないアオイの顔を持っていて――。

ぐるぐると考えすぎて頭が痛くなってきた。

「はあ……」

深々と溜め息を零すと、すっと頭上に影が差した。

「どうしたんだ、溜め息なんかついて」

顔を上げると、アオイが立っていた。両手にマグカップを持っている。

雑居ビルの三階、事務所の応接スペースである。他のスタッフはみんな出払っている。

十和はアオイに呼び出されて一人で事務所にやって来た。昨日もアオイは帰ってこなかったから、おそらくあの家から出勤したのだろう。

身なりはいつも通り完璧だが、アオイの目の下にはくっきりとした濃いクマができていた。目も血走っていて、明らかに睡眠不足だとわかる。それなのに、不健康でも相変わらずその美貌は健在で、爽やかさを装いながらも滲み出るアンニュイな雰囲気は隠しきれず、大人の男の色気が倍増していた。

目が合っただけで下腹の奥がむずむずするような、危険なフェロモンを発している。念のために強めの抑制剤を服用してきたが、十和は居たたまれず、すっと目をアオイから逸らした。めっきり秋も深まった十一月下旬、まだ暖房を使うほどでもなくちょうどよい室温なのに、カッカと体が火照って熱い。十和の周辺だけ一気に気温が跳ね上がった気がする。

「な、なんでもない。ちょっと考え事」

「考え事？　どうした、何かあったのか。相談なら乗るぞ」

アオイがマグカップを渡してくる。十和は礼を言って受け取った。コーヒーにたっぷりのミルクと砂糖。十和の好みを熟知しているアオイが淹れてくれたものである。

マグカップに口をつける。ふうふうと息を吹きかけゆっくりと啜ると、舌に馴染んだ好みぴったりの甘いコーヒーの味が口いっぱいに広がった。

これを自然と準備できるのだから、十和と一緒に過ごしたこの数ヶ月の記憶が今のアオイにも残っているということだ。

十和に対する態度もなんら変わりない。

だからますますアオイが何を考えているのかわからなくなる。

「たいしたことじゃないよ。今日の夕飯、何を食べようかなって考えていただけ」

「この後は八時までバイトだろ。俺は七時には家に戻れるから十和が好きなものを作ろう。何が食べたい？」

「アオイさんも一緒に食べられるの？」

思わず聞き返すと、アオイが言葉を詰まらせた。

「あ――すまない。今夜もやっておかなければいけないことがあって、そんなに長くはいられないんだ。でも、食事は作って置いておくから。ちゃんと食べるんだぞ」

「……そっか。久しぶりに家でアオイさんとゆっくりできると思ったんだけどな。仕事なら仕方ない。残念」

思わず本音が漏れた。

アオイが不意打ちを食らったみたいに目を瞠った。

十和はできるだけ冗談めいた口調で明るく言ったつもりだったが、思ったよりもがっかりしている自分に気づく。今日もアオイはあの家に泊まるのだろうか。昨日、家から顔を出したアオイは十和のまったく知らない別人のようだった。そのアオイを訪ねてきた親しげなあの女性は一体誰なのか。あれからしばらく経っても、彼女が家から出てくる気配はなかった。もしかして今もあの家にいるのかもしれない。今夜もアオイは彼女と一緒に過ごすのだろうか。二人はどういう関係なのだろう——。考えただけで胸の奥がぎゅっと潰れた。

静かな室内にアオイがごくりと喉を鳴らす音が響いた。

「十和……」

「生姜焼きが食べたい」

「え？」

「がっつり生姜がきいたやつ。ピリッと辛い生姜多めの甘辛ダレであつあつの白ごはんを一気に掻き込みたい」

十和のリクエストに、なぜか驚きの表情を浮かべたアオイが一瞬息をのみ、言葉を失ったように見えた。

「あ、別に生姜焼きじゃなくてもいいよ。俺、アオイさんが作ってくれた料理なら、なんでも好きだから」

「……いや。わかった、生姜焼きだな。特製の生姜焼きを作っておく」

アオイが目尻を下げて嬉しそうに笑う。

あ。と思う。十和が好きなアオイの笑い方だった。けれども、これはどちらのアオイの意思だろう。胸にもやもやとしたものが一層広がる。

アオイが本題に入った。

「来週収録予定のドラマの台本がようやく届いた。ギリギリだな。撮影がだいぶ押しているらしい。一応、最初に渡したスケジュール通りだが、変更が入るかもしれないから頭に入れておいてくれ。今回の役、ラブコメのちょっとした当て馬とはいえ、割といい役だと思う。今回限りの出番だが、一話通して主役と絡みがあるし、視聴者の共感を得やすい役どころだ。森若さんの推薦というのが気に入らないが」

今回のドラマ出演は、監督から直々のオファーがあったのだ。というのも、今作の監督は森若と過去に何度も仕事をしており、プライベートでも仲がいいことで有名だった。ドラマに森若本人の出演予定はないものの、彼が監督にいい演技をする若手がいると十和を紹介してくれたのだ。

「ありがたいよね」

「ありがたいけど、気に入らない。見る目はあっても、気に食わない」

「何その標語みたいなの」

アオイが柄にもなくむくれてみせる。森若に嫉妬するようなあからさまな反応。そんな表情をされると十和は困惑した。それはどっちのアオイの感情なのだろうか。

「あのさ、アオイさん」

「うん？」

対面に座ったアオイがこちらを見た。その顔を目にした途端、言いかけた言葉が喉もとで絡まり出てこなくなった。

脳裏にふと考えがよぎる。

目の前のアオイが過去の記憶を取り戻していようがいまいが、別にどちらでもいいのではないか。

アオイが何を考えているのかはわからない。だが、アオイは今もこうやって十和の傍にいてくれるではないか。もし、十和が何か余計なことを言って、アオイが自分の前から姿を消してしまうようなことにでもなったら、その方が嫌だ。

「……あ、ごめん。なんでもない」と、十和は流した。

「?」アオイが怪訝そうに首を傾げる。

「そうだ、映画のオーディション。まだ連絡ない?」

「ああ、まだだな。そろそろだと思うんだが」

「そっか。当落がわかるまでずっと緊張し続けなきゃいけないのもしんどい」

「大丈夫だ。自信があるんだろ」

「……あったんだけど、なんか時間が経つにつれてよくわからなくなってきた。今は不安しかない」

「俺は十和が受かるって信じているぞ。合格したら、どんなご馳走を作って祝おうかまで考えている」

真剣な顔でそんなことを言うから、十和は思わず噴き出してしまった。

「ご馳走食べたいな。あ、そうだ。忘れるところだった。これ、よかったら食べて」

十和は鞄からスープジャーを取り出してテーブルに置いた。

「食欲がないって言っていたから、あまり胃に負担にならないものがいいと思ってお粥を作ってみたんだけど」

アオイが驚いたようにスープジャーを見つめた。「十和が作ったのか」

「うん。味見はしたし、不味くはないと思う。一応これでも料理の特訓をしてきたから」

和風だしで味付けをして、栄養豊富な小松菜を刻んで一緒に煮込んだ。カットしたフルーツと、漬物の容器も一緒に並べる。

「ありがとう」と、アオイが嬉しそうに目尻を下げて笑った。「後でいただくよ」

「食べて、睡眠もちゃんととってよ。それじゃあ、俺はそろそろ帰るね」

その時、スマホのバイブ音が鳴った。

十和は咄嗟に自分のスマホを確認したが画面は真っ暗だ。鳴ったのはアオイのスマホだった。

慌てたように立ち上がったアオイがズボンのポケットからスマホを引っ張り出す。しかし画面を確認した途端、なんとも言えない顔をした。電話だろう、着信音が鳴り続けている。

「じゃあ」と、十和は気をきかせて足早に事務所を出た。「ああ、気をつけて」とアオイが言う。ドアが閉まる直前、ひそめたアオイの声が聞こえてきた。

「もしもし、どうした？」

気づくと、十和はスニーカーの爪先をドアの間に挟んでいた。完全に閉まりきっていないドアの隙間から、声が漏れ聞こえる。

「ああ……ああ……うん。とりあえず、進められるだけ進めてくれ。今からこっちでチェックして追加の指示を送る」

アオイが取り出したスマホが、会社が支給したものとは別物だと気づいていた。川瀬は知らないと言っていたから、おそらくアオイがもともと使っていたものだろう。電話の相手は昨日見たあの彼女だろうか。

「迷惑をかけてすまないな。え？　ああ、俺の体調のことは気にしなくていい、大丈夫だから。二重生活は思ったよりもきついが、仕方ない。それより、もう少しだけこの形で頼む。せめて結果が出るまでは傍にいたくて――ああ、いや。なんでもない。こっちの話だ。それじゃ、引き続き頼んだぞ」

通話を終えたアオイが深々と溜め息をついたのがわかった。

頭がぐらぐらと揺れるような感覚があった。

もしかして、アオイがこの二重生活を続ける理由というのは――。

茫然と立ち尽くす十和の心臓に、アオイの溜め息が抉るように突き刺さった気がした。

たまらず胸を押さえる。

ひどく疲れきったアオイの様子がドア越しにも伝わってきて、十和は本当にこれでいいのかと、身勝手なことを考えていた自分に何度も問いかけた。


一月スタートの新ドラマ、『初恋のオトシアナ』は少女漫画が原作の大人のラブコメだ。

十和が参加する第五話の撮影は一週間かけて撮影された。

十和はロケが少なく、ほとんどがスタジオ撮影だったので、三日ほどで全出演シーンを撮り終えた。

最後のシーンを終えて、監督やスタッフ、共演者からねぎらいの言葉をかけてもらう。

現場経験がまだまだ少ない十和にとって、今回の撮影に参加させてもらったことはとても勉強になった。

みんなに挨拶をして十和は偶然来ていた川瀬と一緒にスタジオを出た。

「お疲れさま。よかったわよ、最後の演技」

「ありがとうございます。あれ、アオイさんは？」

朝から付き添ってくれていたアオイの姿が見当たらない。

「撮影は最後まで見ていたわよ。さっき電話がかかってきて先に出ていったけど」

その時、アオイが通路を引き返してくるのが見えた。

「十和！」と、珍しく辺りに響き渡るほどの音量で興奮気味に叫ぶ。

「どうしたの」

「さっき、電話がかかってきた」

息せき切って戻ってきたアオイがスマホを握ったまま言った。「映画のオーディション、受かったぞ！」

「「えっ」」

十和と川瀬の声が重なる。

「本当に？　俺、合格した？」

「ああ、合格だ」アオイが力強く頷く。

「すごいじゃない」川瀬も思わずといったふうに声が高くなる。

「ありがとうございます！　うわ、どうしよう、メチャメチャ嬉しい」

絶対に手に入れたい役だった。今の自分にできる限りの努力はしたし、自己PRも精いっぱい頑張って手ごたえはあったつもりだったけど、実際に合否の結果が出るまではドキドキして落ち着かなかった。合格だと言ったアオイの声が何度も脳裏にリフレインする。

じわじわと実感が湧いてきた。夢が一つ叶ったのだ。

気持ちが昂りすぎたのか、ほっとして目頭に熱いものが滲む。

ふいにアオイに抱きしめられた。

「おめでとう、十和。よかったな。よく頑張った」

スーツの胸もとに顔を押し付けながら、十和は本気で泣きそうになった。嬉し涙をぐっと堪えつつ、「ありがとう」とアオイの背中に手を回す。

「おめでたいのはわかるけど、こんなところで二人の世界に入るのはやめなさい。ほら、見られているわよ」

川瀬が慌てて二人の間に割って入った。十和も我に返り、パッとアオイから離れる。通りかかった女性スタッフが目を逸らしながらもニヤニヤしているのが見えて、カアッと顔が耳まで熱くなった。

「とりあえず、楽屋に戻るわよ」

川瀬に急かされて歩きだす。歩きながら、アオイがこそっと耳打ちした。

「すまない、俺も嬉しさのあまり周りが見えていなかった。家にいるような感覚でいた」

バツが悪そうに言うアオイと目を合わせて、十和もふっと笑う。

「うん、実は俺も。一瞬、ここがどこだったか忘れてしまって……」

「キノ先生？」

知らない声が割り込んできて、十和は思わず押し黙った。声がした方を見ると、前方からやって来た女性がじっとこちらを食い入るように見つめていた。眼鏡をかけた三十半ばぐらいでパンツスーツが似合うすらっとした人だ。

見覚えのないその女性と目が合わないことに十和はすぐに気がついた。彼女が凝視しているのは十和の横、アオイだ。

「やっぱり」と、女性が言った。「キノ先生ですよね。どうしたんですか？　なんでこんなところにいらっしゃるんですか」

びっくりしたとばかりに彼女が嬉々とした声を上げて近寄ってきた。

「そういえば聞きましたよ、連載再開！　よかったですぅ。部署が移動になってからも、ずっと先生のことが気になっていて……」

「小林《こばやし》さん」と、焦ったアオイが低い声で遮った。「向こうに」

短い言葉だが、有無を言わせぬ迫力があった。小林と呼ばれた女性がきょとんとした顔をする。アオイに背を押されて移動するように促され、小林はわけがわからないといった様子をしつつも言われた通りに従う。

十和の横を擦り抜けたアオイがちらっと振り返った。なんとも言えない顔をしたアオイと目が合う。彼は物言いたげな眼差しを向けてきたが、すぐに首を前に戻した。

遠ざかっていく二人の後ろ姿を見つめながら、十和は訊ねた。

「川瀬さん、あの人誰なのか知っていますか」

「小林さん？」ぽかんとした川瀬がパチパチと目を瞬かせて答えた。「あの人は『初恋のオトシアナ』を担当している編集者よ。原作の先生もさっき見学してたみたいだから」

「……そっか、先生ってそういうことか」

脳内で、散らばっていたいくつかの点が急速に結び付き線となっていく感覚があった。


ほどなくアオイが楽屋に戻ってきた。

「すまない。待たせてしまって。川瀬さんは？」

「一度事務所に戻るって、先に出たよ」

「そうか。俺たちも早く戻って、今日はお祝いだな」

纏めておいた荷物を確認しているアオイの横顔に向けて、十和は言った。

「アオイさんって、漫画家さんだったんだね」

アオイがぴくっと動きを止めた。ゆっくりとこちらを向き、固まる。

十和は一つ呼吸を挟むと、確認するように訊ねた。

「もう、記憶が戻っているんだよね？」

「…………」

「さっきの小林さんは編集者だって聞いた。もとのアオイさんのことを知っている人なんでしょ。先生って呼ばれていたもんね」

アオイが口を開き何かを言いかけた。だが、どう話せばいいのか言葉が見当たらない。そんなふうに戸惑うように視線を揺らし、半開きの口も結局閉ざしてしまう。

「実は俺、ちょっと前に、アオイさんを尾行したことがあるんだよ。勝手にごめん」

十和の告白に、アオイは一度逸らした顔を戻して初耳だと目を見開いた。

「記憶喪失になったアオイさんが唯一持っていた手がかりの鍵。あれが箱の中からなくなっていることに気がついて、なんか嫌な予感がして黙って後をつけた。そうしたら、全然知らない家に当たり前のようにあの鍵を使って入っていくアオイさんを見かけたんだ。後からもう一人、俺と年が同じくらいの女の人がやって来て、アオイさんと親しそうに話していた。その時も、やっぱりアオイさんは『先生』って呼ばれていて、ずっと引っかかっていたんだ。先生って、なんなんだろうって。それがさっき、ようやく腑に落ちて、すっきりしたよ」

アオイが観念したように俯いた。十和は続ける。

「まさか漫画家だとは思わなかった。でも確かに、絵を描くのが並外れて上手かったし、子どもたちの絵馬にもすらすらと描いてあげていたなって思い出した。けど、ちょっとショックだったな。記憶を取り戻したなら、なんでその時に俺に話してくれなかったんだよ」

「それは……」

「黙ってこそこそ鍵を持ち出して、仕事だって嘘ついて本当は自分の家に戻っていたんだよね。でも、俺の前では全然そんなそぶりは見せなくて、いつもと変わらない記憶を失っているアオイさんのふりをしていたのが、意味がわからない。そんな騙すような真似しなくてもいいのに」

「違う、騙していたつもりはないんだ」と、アオイが必死な声で遮った。

切羽詰まった眼差しに見つめられて、十和は思わず息をのむ。

「記憶が戻ったのは、ヒートを起こした十和とああなった後のことだ。目が覚めたとき十和はまだ眠っていたから、本棚を眺めていたんだ。そうしたら本当に突然、頭に過去の記憶が流れ込んできて、気づいたら自分がどこの誰なのか、全部思い出していた」

「あの時に……」

たちまち情事の記憶が脳裏をよぎり、十和は慌てて頭を振って一旦思考を散らす。

「記憶を失っていた間のことも覚えているの？」

訊ねると、アオイが頷いた。

「ああ、全部覚えている。事故に遭う前までの記憶と、病院で目覚めてからの記憶がつながって一つになった感じだ。不思議と違和感はなかった。この数ヶ月の記憶は俯瞰で捉えているようなイメージだが、その時の自分の感覚や感情は体がすべて覚えている」

熱を孕んだ真摯な眼差しに見つめられて、十和は不覚にも胸を高鳴らせた。

アオイが一つ一つ思い出した記憶の痕跡を辿るように話を続けた。

「十和が見た家は、俺の自宅兼仕事場だ。あそこで俺は漫画を描いて生活をしている。といっても、記憶喪失になる前の俺は、隔週雑誌の連載も一旦休載しなくてはならないくらいのスランプにハマって抜け出せなくなっていたんだ。だけど、記憶が戻ると、絞り出そうにももう何一つアイデアが出ないくらい枯れ果てていた頭に、中断していた漫画の続きが突然泉のように湧いてきて、忘れないうちに早くこれを形にしなければと思った」

それからはアオイの二重生活が始まった。マネージャー業の合間を縫って、タブレットを使用してネーム作業を進めながら、夜は自宅に戻り寝る間も惜しんで仕事に没頭する。そうやって一気に数話分のネームを完成させた。

しばらく音信不通だった担当編集と連絡を取り、さっそくネームを見せた。スランプで描けなくなっていたアオイの大復活に、その場にいた編集長と担当は涙を浮かべて喜んだという。

すぐに連載再開のスケジュールが組まれて、自分で決めたこととはいえ、アオイの二重生活はますます忙しく余裕のないものになっていったのだと彼は明かした。

「さっきの小林さんは、以前は青年漫画の部署にいて俺の担当だった人だ。今は少女漫画部門に移動になったと聞いていたが、まさかこんなところで会うとは思わず焦った。もう一人、十和が見たという女性は、俺のアシスタントをしてくれている野々宮《ののみや》という子だ。チーフアシスタントで他のアシを纏めながら、原稿作業を手伝ってくれている。今もうちで寝ずに作業を頑張っているはずだ」

アオイも寝ていないのだろう。理由を知ってしまうと、目の下のクマが一層濃く浮き上がって見えた。よく見ると、オーダーメードのようにその逞しい体躯にぴったりだったスーツが、今は全体的に少しぶかぶかで特に腰の辺りに余裕がありすぎる気がした。さっき抱きしめられた時にも感じたことだ。アオイはこの半月ほどで随分と痩せた。

「ちゃんと全部話してくれたらよかったのに」

思わず責めるような強い口調になった。

「アオイさんが責任感が強いのは知っているし、俺たちに迷惑をかけないように考えての行動だったのかもしれないけど、そんなの気にしなくていいんだよ。記憶が戻ったアオイさんが自分のあるべき場所に戻りたいと思うのは当然のことなんだから。こんな無茶な二重生活を続けていたら体を壊すに決まっている。俺たちはアオイさんの意思を尊重して、今まで俺たちが助けてもらったぶん、今度は俺たちがアオイさんがもとの居場所に戻れるようにできることはなんだって協力するから……」

「そうなると思って言わなかったんだ」

「え？」

アオイがバツが悪そうに言った。

「マネージャーとして日は浅いが、十和が夢に向かって一生懸命努力している姿はずっと見てきたからよく知っているつもりだった。そんな十和の仕事が徐々に決まりだして、鈴原トワの名前がどんどん周囲に認知され始めたことが俺にとっても自分のことのように嬉しかったんだ。これからもっともっと売れるはずだ。そのために俺が全力でサポートする。そう思っていたんだ。だけどそんな時に記憶が戻って、正直迷った。漫画のアイデアがどんどん湧き出す一方で、もう少し十和の活躍を傍で見ていたくて、本当のことをなかなか言い出せずにいた。十和や事情を知るみんなが、俺のことを本当に心配して、早く記憶が戻るよう願ってくれていることを知っているからだ。特に十和は、俺の本業を知ったら、もうここには置いてくれないだろうと思った。連載の再開を待ち望んでくれていただろう」

小林がアオイを「キノ先生」と呼んだのを聞いて、ピンときた。

「アオイさんがキノセイイチだったんだね」

シリーズ累計五千万部を超える大人気料理漫画『神の一匙』の作者、キノセイイチ。

「絵が上手なのも料理が得意なのも全部謎が解けたよ。単行本の中で、登場する料理は全部一から自分で作ってみるって書いてあったから」

連載を開始する前の準備期間には、世界中を回って各国の料理を調べて勉強したとも書いてあった。漫画に詰め込まれた知識は豊富で、奇想天外なアイデアには国内外の数々の料理人や料理研究家たちが絶賛するコメントを寄せている。今日本で一番読まれている料理漫画で、魅力的でいきいきとしたキャラクターたちが料理を通して成長していくストーリーは、子どもから大人までたくさんのファンを魅了している。

ところが今年の夏に発売された隔週漫画誌で、当面の休載が発表されていた。理由は作家本人の体調不良だった。再開時期未定の報告に、世界中のファンが心配していたのだ。

「連載の再開を待ち望んでいるのは俺だけじゃないよ。小林さんだって、担当編集さんや編集長さんもそう、世界中のファンがアオイさんを待っているんだから」

それはアオイ本人が一番感じていることだろう。自分がどうすべきか、本当はわかっているはずだ。

十和は先週からずっと考えていたことを口にした。

「実はもう一つアオイさんに謝らなきゃいけないことがあって、ホント俺、ストーカーみたいなことしているんだけど、アオイさんがたぶん――野々宮さんと電話で話しているのを聞いてしまったんだよね」

事務所のドア越しに聞いたアオイの疲れた声が脳裏に蘇る。

――せめて結果が出るまでは傍にいたくて……。

「アオイさんが気にしていた結果って、映画のオーディションのことでしょ」

アオイが僅かに目を瞠った。

「それならついさっき合格したよ。俺はあの役はアオイさんと二人三脚で勝ち取ったと思っている。仕事ができて、責任感が強くて、面倒見がよくて、世話焼きで過保護で、そんなアオイさんに支えてもらって、俺はこの数ヶ月で何段階もレベルアップした気がする。アオイさん、本当にありがとう。短い期間だったけど、ずっと傍で励ましてくれて、俺はアオイさんのおかげで頑張れた」

「十和、俺は……」

「でもここから先は、頼ってばかりじゃいられないから。アオイさんに恥じないように頑張るよ。だからアオイさんも自分の居場所で頑張ってほしい」

十和は真っ向からアオイを見つめた。胸の奥がぎゅっと潰れたが、構わず続けた。

「アオイさんは今日限りでマネージャー業を辞めて、本業の漫画家に戻ってください。本当に本当にお世話になりました。ありがとうございました。連載再開、楽しみにしています」

「……っ」

アオイが何かを言いかけて口を開く。その時、ドアをノックする音が鳴った。

「すみません、鈴原さんはまだいらっしゃいますか」と、若い男性スタッフが遠慮がちに顔を覗かせる。「監督が少し話がしたいと仰っているんですけど。お時間ありますか」

「はい、大丈夫です。行きます」

「お願いします」と言って、スタッフがドアを大きく開ける。

十和は振り返り、「それじゃ行くね。アオイさんも元気でね」とアオイに最後の言葉をかけた。上手く笑えていただろうか。

戸口に歩きだしたその時、いきなり腕を掴まれた。

素早く引き戻された十和の耳もとで、アオイが言った。

「必ず迎えに行く」

「え？」

「俺たちは離れられない運命なんだよ。初めて会った時から俺はそう信じている。やることを済ませたら絶対に迎えに行くから。覚悟しておけよ」

「――っ」

パッと腕から手が離れる。背中をトンと軽く押された。

数歩小走りに進んで、十和は振り返る。

アオイが見たことのない不敵な顔で笑っていた。

## 10

アオイがマネージャーを辞め、十和の前から姿を消してはや一週間が経った。

突然のアオイの退社を社長も川瀬も驚いていた。その後の三人のやりとりの場に十和は同席しなかったが、せっかく見つけた優秀な人材が離れるのを二人が大いに嘆いていたのは知っている。

とはいえ、アオイが記憶を取り戻したこと自体はめでたく、彼らもそうなることを願っていたのだ。記憶が戻ればいずれはここを去っていくだろう。残念だが、誰もがわかっていたことだった。結果としてこれでよかったのだ。

アオイの正体にも二人はびっくりしていたが、それならなおのこと今後の活躍に期待し応援しようと、アオイはその日付けで退職扱いとなったのだった。

アオイが姿を消しても、十和の日常が変わるわけではない。徐々に増え始めた仕事とバイトの繰り返しで毎日が慌ただしく過ぎていく。

忙しくしていた方が余計なことを考えずにすむので、かえって都合がよかった。

一日が終わり、くたくたになって帰宅した後は、風呂に入り明日の準備をして眠った。

それでも、一人になるとふとした時にアオイのことを考えてしまう。

「……今頃、頑張って漫画を描いているんだろうな」

ようやく本業に集中できて、彼は彼で忙しい日々を送っているに違いない。記憶喪失になる前のアオイはスランプに陥っていたと話していた。本当の休載理由を知り、漫画を生み出す苦しみにアオイが悩んでいたことに胸を痛めた。事故に遭ったのは災難だったが、災いを転じて福となす。記憶が戻ったアオイは当時のスランプをものともしない素晴らしい仕事ぶりを発揮していることだろう。

十和は自室の本棚から漫画の単行本を一冊引き抜いた。

パラパラと捲り、気がつくと夢中になって読み耽っていた。

「やっぱり、面白い。ペン一本で読者をあっという間に惹き付けて、みんなを感動させたり、勇気を与えたり……本当にアオイさんはすごいよ」

マネージャーとしても実に優秀だったが、この他の誰にも真似できない唯一の才能の邪魔にはなりたくないと、心底思った。

約一年前に出た『神の一匙』の最新刊は、これからの気になる展開をにおわせて終わっていた。この続きを早く読みたいと、十和を含めたキノセイイチの世界中のファンが彼の復帰を心より待ち望んでいる。

やはり彼を輝かせる活躍の場はこの紙面の中だ。自分が独占してはいけない。

ふいにアオイの声が耳に蘇った。

――やることを済ませたら絶対に迎えに行くから。覚悟しておけよ。

鼓膜に直接囁きかけるみたいに再生されて、思わずぶるっと胴震いしてしまう。

一体どういうつもりで彼はあんなことを言ったのだろうか。

迎えに行くとは？

再会の約束なんてしていない。アオイが使用していた社用スマホはすでに返却されている。もう一台のスマホの連絡先は知らず、こちらからは連絡を取るすべはない。自宅は知っているけれど、この先訪ねるつもりはなかった。

迎えに行くとは、本当に言葉通りの意味だろうか？

最後に見たアオイの不敵な笑みを思い出し、十和は慌てて頭を振ってその考えを打ち消した。

まさか――そんなわけがない。あんなの本気にしたらダメだ。

気まぐれに、単にその場の雰囲気にのまれて口走ったのだとしても、せっかくした決心を揺るがすような真似はしないでほしかった。

別に喧嘩別れをしたわけでもないのだし、いつかまた友人として会えればいいのだと思う。けれども、当分は無理そうだ。しばらくは気持ちの整理がつかないだろうから。

あの時の十和がどんな思いでアオイに別れを告げたかなんて、彼は知らないだろう。

ここから先は、それぞれが自分のあるべき場所で、自分のやるべきことを精いっぱい頑張って生きていこう。

アオイも、互いのためにそうするのが一番だと頭ではわかっていたはずだ。彼なりに理由があって、それを切り出すタイミングがずれてしまっただけで、いずれは同じことを口にしていたに違いない。

記憶が戻ったことをどうして黙っていたのかと、アオイを責めるような言い方をしてしまったが、本当は十和だって人のことを言えなかった。

アオイがその事実を語らなければ、彼はこの先もずっと十和の傍にいてくれる。そんな下心があったからだ。だから自分からはあえてアオイに訊ねることはしなかった。我ながらずるいと思っていた。

けれども、十和の身勝手な考えのせいで、結果としてアオイに無茶な二重生活を強いてしまったのかもしれないと考えた時、後悔したのだ。いくら気力体力が他より優れているといっても、アルファだって人間だ。このままだとアオイの体が壊れてしまう。

アオイへの想いに蓋をし、辛い気持ちをひた隠しにして、別れを告げたつもりだった。

なのに、なぜアオイはあんな意味深な言葉を残したのだろう。

――俺たちは離れられない運命なんだよ。初めて会った時から俺はそう信じている。

低めの甘い声が耳から離れない。そのたびに十和は胸が何かを期待するかのようにもどかしく震えるのを止められずにいる。

十二月に入り、街はクリスマスムード一色に染まって賑やかさを増していた。

十和は出演が決まったばかりの映画の打ち合わせを兼ねて、川瀬と一緒に監督やプロデューサーとランチをしてきたところだった。

今回は具体的な話ではなく、オーディションの印象や役柄の話が主で、雑談をしながら食事をするといった感じだった。

事務所に戻る川瀬と別れて数分もしないうちに、彼女から電話がかかってきた。

スマホに応じると、川瀬が『ごめん、言い忘れていた』と切り出した。

『「カンタン時短クッキング」のことなんだけど。冬休み企画のオファーは、先方にはキツネ先生の出演を断ったんだけど、トワ一人の出演はできないかって言われてね』

「俺一人ですか？」

『そう。春山先生がトワとまた共演したいって熱望してくださっているそうよ。番組側としてはキツネ先生とのコンビ出演が希望だったみたいだけど、トワがアシスタント出演した回は評判がよかったし、春山先生も前回は迷惑をかけたから、是非今回リベンジさせてくださいって、さっき直々にお電話いただいてね。どう？　受けてもいい？』

十和は二つ返事で答えた。「やります」

『わかった。それじゃ、そう先方には伝えておくわ。収録のスケジュールを送るから確認しておいて。ああ、そうだ。あれからアオイくんから何か連絡はあった？』

その名前が話題に上るたび、十和は毎回どきっと心臓を跳ねさせてしまう。

「……いえ、何も」

『そう。さっき、伊野塚くんから聞いたんだけど、「神の一匙」が次号からシップス本誌で連載を再開するそうよ。しかも一気に二話分掲載ですって。今、その話題でＳＮＳが盛り上がっているらしいわ』

「そうなんですか！」

思わず声を張り上げた。周囲を歩いていた人たちが何事かとこちらを見てくる。慌てた十和は逃げるように小走りになった。

『アオイくん、頑張っているのね。なんだか感慨深いわ。私も試し読みしたら止まらなくなって、電子書籍で全巻揃えちゃったもの。アオイくんにこんな才能があったなんてびっくりよ』

「本当に、すごいですよね。俺も大ファンで、単行本はもう何度も読み返しています。そっか、ついに連載再開するんだ」

想像していたよりも随分と早い。記憶が戻ってからまだ一月も経っていないのに、連載再開は早くても年が明けてからだと思っていた。それもページ数がいつもの二倍。漫画の仕事について詳しくはわからないが、こんな短期間でゼロから原稿を描き上げるなんて相当な過密スケジュールだったに違いない。

川瀬との電話を終えて、十和はスマホの画面を操作する。ＳＮＳのトレンド上位を『神の一匙』関連のキーワードが埋め尽くしていた。

「本当にすごいな、アオイさん」

呟くと、その活躍の嬉しさとともに一抹の寂しさが込み上げる。急にアオイの存在を遠くに感じてしまい、十和は画面を滑らせる指を止めてスマホをポケットにねじ込んだ。

ふと今歩いている通りが神社に近い場所だと気がついた。

秋祭り、アオイと一緒に行ったことを思い出す。駅に向かっていたはずの足がふらっと横道に逸れた。

十二月の神社はしんと静まり返っていた。

祭りの騒がしさのかけらも見当たらず、猫一匹通らない。

鳥居をくぐり、参道を歩く。

参拝した後、脇の絵馬掛け所が目に入った。

そういえば、祭りのイベントの一環で、アオイと一緒に絵馬を奉納した。

たくさんの絵馬の中から自分たちのものを捜す。

「あった」

重なった絵馬の比較的新しい上側、二人の絵馬を発見した。

〈アオイさんの記憶がすべて無事に戻りますように〉

十和が書いたものである。添えられたポンスケのイラストはアオイが描いたものだ。

今思えば、アオイが子どもたちのリクエストに答えてすらすらと絵を描いていたのも、彼にとっては朝飯前だったに違いない。きっとあの子たちも、目の前にいた『かっこいいおじさん』が、あの大人気漫画の作者だと知ったらびっくりするだろう。

「案外、願い事って叶うもんなんだな」

改めて自分の絵馬をまじまじと見つめる。

絵馬を書いてから一月余りで、アオイの記憶は本当に戻った。神様に感謝しなければならない。

対して、隣に吊るされたアオイの絵馬に目を向ける。

やはりポンスケが添えてある絵馬には、こんな願い事が書いてあった。

〈たくさんの人に十和の魅力が伝わり、みんなが応援してくれますように〉

アオイの力強い綺麗な文字を見て、自然と頬が緩むのが自分でもわかった。

あの時、十和の絵馬を見たアオイは、十和のことを優しいと言った。その言葉をそっくりそのまま返したいと、十和も思ったものだ。

絵馬に相手のことを思って願いをしたためる。

この絵馬を書こうとアオイを誘った時、十和の頭にはすでに願い事が浮かんでいた。

アオイはどうだったのだろう。ペンを取ってすぐに走らせていたから、案外悩むことなく書いたのかもしれない。示し合わせたわけでもないのに、見せ合った絵馬の願いが互いに反転していて、なんだかひどく嬉しかったことを思い出した。

「アオイさんの願いはどうだろ。まだまだこれからってところかな」

叶えたいと思う。できればこれは自分の力で是非とも叶えたい。アオイのような才能があるわけではないけれど、もっともっと頑張って、アオイの漫画が自分に勇気や感動を与えてくれたように、十和の活動が誰かにとっての元気の源となるような、そんな存在になりたい。

神社を出たところで、「あの、すみません」と声をかけられた。

小さな子どもを連れた母親だった。十和が「はい」と振り返ると、母親が恐る恐るといったふうに訊ねてきた。

「あの、鈴原トワさんですよね」

びっくりした。街中で声をかけられるのは初めてのことだった。

「あ、はい。そうです」

緊張した声で答えると、母親が興奮気味に言った。

「あの、鈴原さんが『カンタン時短クッキング』に出ていらした回、見ました！　失礼ながらその時に初めて鈴原さんのことを知ったんですけど、一生懸命に包丁握って料理する姿がとても素敵で、トークもすごく楽しかったです。それからファンになりました。握手してもらってもいいですか」

もちろんですと、十和は彼女の手を両手で握った。母親の行動を真似て、女の子も手を差し出してくる。十和はしゃがんで目を合わせると、小さな手をそっと両手に包んだ。

「ありがとうございます。応援してます、頑張ってくださいね」

「こちらこそありがとうございます。頑張りますので、これからも応援よろしくお願いします」

女の子が「お兄ちゃん、バイバイ」と手を振ってくれる。親子を手を振って見送りながら、十和は自分がひどく舞い上がっているのを感じた。

出たばかりの鳥居を振り返る。アオイの絵馬の文字が頭に浮かんだ。願いに一歩近づいたかもしれない。

久々に晴れ晴れとした気分だった。頑張ろうと自分に気合を入れる。

その時、上着のポケットでスマホのバイブ音が鳴った。

川瀬だろうか。急いで取り出したスマホの画面を目にした瞬間、十和は思わず「あ」と叫んだ。急いで通話を選択し、耳に押し当てる。

「もしもし？　兄ちゃん？」

『おっ、十和？　久しぶり。元気にしてるか』

兄の九十九の能天気な声が返ってきて、十和は苛立ち交じりに言い返した。

「元気にしてるかじゃないよ。もう、何やってたんだよ。電話は全然つながらないし、メッセージを送っても一つも返ってこないし。ていうか、今どこにいるの？」

『悪い悪い。今ペルーにいてさ。ちょっと前まで偶然知り合った学者先生と意気投合して遺跡の発掘調査の手伝いをしてたんだよ。それがまた大変でさあ、聞いてくれよ。変なやつらに捕まって、危うく死にそうになって、命からがら逃げてきたかと思えば、牛に踏まれるし、スマホも水没させちゃって、なんにもできなくなってさ。修理してもらうにも街まで出なきゃダメだし、そこまでがまた大変で……』

「何やってんだよ、兄ちゃん」

十和は深々と溜め息を零した。あっけらかんと話すので聞き流してしまいそうになったが、死とか命からがらとか牛とか、笑って話すような内容ではない。

「大丈夫なの？」

『大丈夫大丈夫。運と顔だけはいいから』

ケラケラとどこまでも楽観的な笑い声を聞いていると、怒る気力も失う。言いたいことは山ほどあったが、全部溜め息に変えた。

「心配させないでよ」

『ごめんごめん。それより、なんか話があったんだろ？　記憶喪失がどうとか』

「ああ、うん。あったんだけど、もう解決した。アオイさんのことを訊きたかったんだけど」

『アオイさん？　誰だそれ。お前が送ってきた画像って、あれイッセイじゃないの？　今一緒に住んでるってどんな急展開だよ。イッセイのやつ、推しに気安く近づくわけにいかないとかなんとかご立派なことを言ってたくせに。兄ちゃん、さすがに一瞬固まったよ』

「イッセイ？」

　初めて聞く名に十和はきょとんとした。

『そう、ノギイッセイ。画像に写ってた人物、俺の大学からの友人』

「ノギイッセイ……」

　おうむ返しに繰り返した瞬間、十和の頭に天啓のように閃くものがあった。

「兄ちゃん、ノギイッセイってどんな字を書くの？　もしかして、乃木坂の乃木に、数字の一に清らかの清？」

　早口に言うと、九十九が『そうそう、よく知ってんじゃん』と笑いながら返してくる。

　雷に打たれたように十和の全身に痺れが走った。

　頭の中で四つの漢字が並ぶ。それと同じ並びを十和はよく知っている。

　自室に大事にしまってある手紙の束。十和の仕事を本当によく見てくれていて、いつも感想をくれるファンレターの差出人はすべて同じ、乃木一清。読み仮名は書いていなかったから、十和はもう何年もこの差出人の名を『カズキヨ』だと思い込んでいた。同時に、アオイの自宅の門にあった表札はローマ字表記だったので、頭の中でより一般的な『野木』という漢字に勝手に置き換えていた。

そういえばしばらくファンレターが届いていないことに気がついた。

更に肝心なことに気づく。アオイの本名を十和は今初めて知ったのだ。

脳が混乱を極める。

思わず黙り込むと、九十九が怪訝そうに訊いてきた。

『もう一緒に住んでるってことは、イッセイのやつ、お前に全部白状したの？』

「え？　白状って何を……」

『だから、あいつがお前の大ファンで、デビューする前からずっとお前のこと追っかけてるって話。まあ、お前も前のアパートに住んでた頃からあいつの描いた絵をお守りだって大事に飾ってたもんな。その話をしたらイッセイのやつ、顔を真っ赤にして喜んでたぞ。後にも先にもクールで通しているあいつのあんな顔を見たのはあれ一回で——』

十二月も中旬に差しかかった頃、『カンタン時短クッキング』の収録が行われた。

六日間にわたる冬休み企画の中で、前半の三回は別のタレントが、後半の三回を十和がアシスタント役を担当する。

午前の撮影が機材トラブルの関係で押したため、後半の撮影も予定より一時間遅れでスタートした。

春山はもうすっかり体調が回復したようだった。

「この前は本当に迷惑をかけてしまってごめんなさい。でもそのおかげで鈴原くんとキツネ先生の神回が誕生したんだから、プロとして失格だけど、ファンとしては幸せを感じさせてもらってありがたかったです。今日は体調万全なので、よろしくお願いします」

「元気になられてよかったです。こちらこそよろしくお願いします」

スタッフとも挨拶を交わし、台本を手に打ち合わせをしていると、別の現場に行っていた川瀬が合流する。「よかったわ、間に合って」

「お疲れさまです。一時間遅れだそうです。撮影はまだこれからですよ」

「そう。ラッキーだったわね。予定通りだったらギリギリ間に合ったかどうか……」

何かぶつぶつと言いながらも、川瀬はすぐに通りかかったプロデューサーをつかまえて話し込んでいた。

「トワ」と、誰かに呼ばれた。

声がした方を振り向くと、森若が手を振りながら立っていた。

「森若さん？　どうしたんですか」

「別のスタジオで収録をしているんだよ。今休憩中。十和がいるって聞いたから、ちょこっと遊びに来た」

森若が相変わらずキラキラした笑みを浮かべて言った。突然の人気俳優の出現に、現場のスタッフが俄に色めき立つ。

自身に視線が集中するのは慣れっこなのだろう。森若は特に気にした様子もなく、周囲をきょろきょろと見回して言った。

「あれ、ブラックキツネは？」

十和は思わず噴き出した。そんな呼び方をするのは森若くらいだ。

「実は先月、アオイさんはマネージャーを辞めたんですよ」

「え？」森若が軽く目を瞠った。「でも今日も一緒に出演するんじゃないの？　これ、『今日もおいしくー、カンターン時短クッキングー！』でしょ」

コーナーのタイトルコールを真似て言う。十和は笑いを堪えながら答えた。

「今日は春山さんと俺だけなんです」

「……うーん？」

なんだかよくわからないが森若が腑に落ちないといった顔で首を傾げる。

十和だって、できるものならアオイに会いたかった。だが、こんがらかった頭を整理しようとぐるぐると考えているうちに今日になってしまった。

本当は、アオイに直接会って訊きたいことがたくさんある。

迎えに行くと言っておきながら、あれから一度も連絡はない。彼が忙しいことは百も承知だが、偶然の再会を待ってはいられなかった。

今日、この収録を終えてから、自宅を訪ねてみるつもりだ。今朝、決めた。おかげで仕事との二重の緊張に心臓がばくばくとうるさく鳴っている。

「トーワ」

いきなり森若が背中に押しかかってきた。じゃれ合うように十和の肩を組み、その美貌を寄せてくる。

「もう、近いですって。森若さん、いつにも増して距離感がバグってます」

「トワ、最近ちょっと変わった？　なんかかわいくなってない？」

「は？　何言ってるんですか……」

突然ガラガラガラッとホワイトボードが猛スピードで二人に向かって迫ってきた。移動のためスタッフが押しているのだろう。急いでいて前が見えていないのか、止まる気配もなく勢いよく突っ込んでくる。十和は慌てて脇によけた。森若もぎょっとして飛び退く。

ホワイトボードはちょうど十和と森若の間を通り抜けていった。ガラガラガラッと音が遠ざかってゆく。

「あれ？　森若さん？」

森若の姿が消えていた。どこに行ったのだろうか。十和は視線をめぐらせて捜している
と、川瀬が戻ってきた。

「どうしたの？　きょろきょろして」

「あ、今森若さんが来ていたんですけど、どっか行っちゃったみたいで。別スタジオで収録らしいです。休憩中に遊びに来たって言っていたけど、戻ったのかな」

「森若さんが？　さすが、鼻がきくわね」

川瀬の意味深な物言いが引っかかったが、十和はスタッフに呼ばれてすぐに頭を仕事に切り替えた。

準備が整い、後半回の収録がスタートする。

撮影は順調に進み、二本撮り終わって一旦休憩に入る。

十和は衣装を着替えて、ヘアメイクをしてもらう。スタジオに戻り、準備ができた春山としばし雑談で盛り上がる。そうしているうちに声がかかった。

「それでは、先に第六回のオープニングを撮りますので、春山さんと鈴原さんスタンバイお願いします」

十和は定位置に立った。春山も隣に立つ。カメラが回り、春山が喋りだした。

「冬休みウイーク、最終日である第六回の今日は素敵なゲストをお迎えしてお送りしたい

と思います」

え？　十和は焦った。ゲストの話なんて聞いていない。

動揺する十和をよそに、春山がにこにこと満面の笑みで進める。

「それでは、登場してもらいましょう。私もとてもお会いしたかったです。どうぞ、この方です」

セットの中に人影が入ってくる。

十和は思わず声を上げげそうになり、寸前で耐えた。

春山が嬉しそうに拍手をして迎えたのは、よく知る狐面を被った、長躯にブラックスーツの男である。

「改めてご紹介しましょう。今日の特別ゲストのキツネ先生です。今日はスーツなんですね。かっこいい！」

「こっちが通常モードです。今日はよろしくお願いいたします」

平然と隣に立つ狐面を見上げて、十和は開いた口が塞がらなかった。

何がなんだかもうわけがわからない。

挙動不審の中、目が合った川瀬からは訳知り顔で頷きを返されて、そこでようやく自分だけが何も知らされていなかったことに気づいた。スタッフたちも誰も何も言わず、これは予定通りだとばかりに収録は進んでいく。

狐面を被ったアオイの登場に一瞬頭の中が真っ白になったが、これは仕事だと必死に自分に言い聞かせた。早々に意識を切り替えて、収録に集中する。春山のサポートをしながら、慣れたキツネ先生とのやりとりを挟みつつ、なぜか試食中に突然森若が乱入してくるというアクシデントまであり、内心大混乱の中、十和は課されたアシスタント役をどうにか最後までやり遂げたのだった。

「トワ、お疲れさま」

森若がやりきった表情で楽しそうに近寄ってきた。

「お疲れさまです。森若さんの乱入、全然聞いていないです。自分の方の収録に戻ったとばかり思っていたのに、びっくりするじゃないですか」

「実はもう俺の出番は終わっていたからね。キツネセンセを見かけてついてきたんだよ。そうしたら、センセがどうしても森若さんに一緒に出てほしいって言うもんだから、しょうがないなあってことで。まあ、おかげでキツネセンセの手料理が食べられたからラッキー。トワが作ったのもおいしかったよ――イタタタッ」

いつもながら距離が異常に近い森若だったが、その美貌を突然横から伸びてきた大きな手がまるでボールをそうするように鷲掴みにしていた。

「出てほしいだなんて一言も言っていない。あんたが勝手にくっついてきて、プロデューサーに交渉したんだろうが」

狐面を外したアオイがふんと、さもうっとうしげに鼻を鳴らした。森若の顔をぐいぐいと十和から遠ざけるように押しやる。

「おい、顔に傷がついたらどうしてくれるんだよ。超がつく人気俳優だぞ」

「俺からすれば十和に近づくやつは全員害虫同然だ」

アオイがしれっと言って退けた。森若がハイハイとうんざりした様子で「その格好で言うとシャレになんない。どこのマフィア狐だよ」と芝居がかった仕草で肩をすくませる。

いつの間にか軽口を言い合う仲になっている二人を茫然と眺めながら、十和はまだ現状に理解が追い付いていなかった。

目の前にアオイがいる。彼に会いたい気持ちが逸ってとうとう幻が見えてしまったかと、何度も自分の目を擦って確かめた。

ところがアオイが煙のように消えることはなかった。

正真正銘の本人である。

机に向かって漫画を描いているはずの彼が、どうしてスーツを着てこんなところにいるのだろうか。

ちらっとこちらを見やったアオイと目が合った。

反射的に息をのむ。収録中は面を被っていたアオイと、初めてまともに視線を交わした途端、急に心臓がどくどくと鳴りだした。鼓動はあっという間に激しさを増し、耳の奥でけたたましく騒ぎ立てる。

軽い眩暈に襲われそうになったその時、「お疲れさま」と川瀬が割って入ってきた。

「森若さん、盛り上げてくださってありがとうございました。アオイくんもお疲れさま。今日は助かったわ。トワも最初は動揺していたみたいだけど、すぐ調子を取り戻していい感じだったわよ。二人のかけ合いもバッチリだったし」

満足そうに言う川瀬にアオイが訊ねた。

「今日はもうこれで終わりですよね。この後十和をお借りしてもいいですか」

「もちろん」と、なぜか十和の返事を聞く前に川瀬が応じる。

「今日来てくれたお礼に、どうぞ連れていってちょうだい。ちなみに明日はオフだから。アオイくん、トワをよろしくね」

「感謝します。任せてください」とアオイが意味深に微笑んだかと思うと、茫然と立ち尽くす十和の手を掴んだ。「行くぞ」

「え？　え、あ、ちょ、ちょっと……っ」

強引に手を引かれて、足がもつれた十和はつんのめって転びそうになる。前のめりになった十和の腰を、横から掬い上げるようにしてアオイが支えた。

「ちょっと痩せたんじゃないか。まさか俺がいない間、食事をおろそかにしていたんじゃないだろうな」

咎めるみたいにアオイが言い、傍で聞いていた川瀬と森若がおかしそうに噴き出した。

焦った十和はわけもわからずカアッと頬が火照るのを感じる。

アオイが十和を抱き寄せるようにして再び歩きだす。

擦れ違いざまに、目が合った川瀬がにっこりと微笑んで言った。

「最近ずっと泣きそうな顔をしていたわよ。ちゃんと笑顔になって戻ってらっしゃい」

十和はアオイと一緒に地下駐車場まで降りると、停めてあった高級外車の助手席に乗せられた。

運転席には当然ながらアオイが座る。

これは彼が所有する車なのだと知ってどぎまぎした。

ふと記憶喪失中のアオイが車の運転に興味を示していたことを思い出した。やはり運転免許を持っていたのだろう。とはいえ、こんな高級車に乗っているとは思わなかった。

「アオイさん、仕事は？　忙しいんでしょ。こんなところにいていいの？」

そわそわと落ち着かない気分で訊ねると、ちらっとアオイが横目でこちらを見た。するといきなり覆い被さってきて、十和はびくっと固まる。咄嗟に目を瞑った。

だが、ガサガサと物音が聞こえてきたのは後部座席の方からだ。

恐る恐る目を開けると、すぐ横にスーツの上半身があってぎょっとする。アオイは後部座席に手を伸ばして何かを取ると、それを十和の膝の上に置いた。

「今日受け取ったばかりの見本誌だ」

発売前の週刊シップス最新号だった。

表紙は『神の一匙』の主人公だった。大きく『待望の連載再開！』『二話掲載の大ボリューム！』の文字が躍る。

薄暗い車内で目を凝らしまじまじと見つめていると、アオイが言った。

「とりあえず、こっちは一段落ついた。連載原稿と並行してストップしていた単行本作業までやっていたから思ったより時間がかかったけどな。今日の収録に間に合ってよかった」

「収録のこと、アオイさんは知っていたの？」

「オファーをもらっていた件は退職する前の話だから聞いていた。辞めた後も川瀬さんに頼んで十和には内緒で話を進めてもらっていたんだ。この日に合わせて俺のスケジュールも調整して、ようやくこぎ着けた。約一ヶ月ぶりだな。約束通り迎えに来たぞ」

「……あれ、本気だったんだ」

十和は思わず呟いた。

「冗談だと思っていたのか」

アオイが不満そうに顔を歪める。

「言っただろ、俺たちは離れられない運命だって」

ずっと頭に引っかかって離れなかった言葉を、アオイが再び口にした。

十和は戸惑った。

「あのさ、あれからずっと気になっていたんだけど。そ……それって、どういう意味？」

「十和は感じないか？」

ところが反対に聞き返されて、十和はますます困惑する。その意味深な問いかけで返答に窮していると、アオイが抑えた低めの声で続けた。

「俺は、今日スタジオに入る前からその中に十和がいることがわかっていた。十数メートル離れていても、微かな十和のにおいを嗅ぎ分けられるんだ。ヒート時のフェロモンとはまた違うなんとも言えないにおいを、もうずっと前から十和にだけ感じていた。近づくたびにどんどん甘くなって、心がほっと落ち着くような不思議なにおいだ」

においっ？

十和は咄嗟に自分の腕を嗅いだ。だが、アオイが言うような甘ったるいにおいはまったくしない。

アオイが苦笑した。

「初めはアルファの嗅覚だけが反応するオメガ特有のにおいかと思ったが、森若に訊いても十和からそんなにおいはまったくしないと言っていた。十和のその不思議なにおいはどうやら俺だけが感じるものらしい。知っているか。オメガは自分と相性ぴったりのアルファと出会うと、相手にしかわからない特別なにおいを発するようになるんだそうだ」

「え？」

横を向いた途端に、アオイが畳みかけるようにして言葉を重ねてくる。

「あの事故に遭う前のことを覚えているか？　マンション横の薄暗い路地で会った――」

十和は一瞬目を瞬かせた。脳裏にすぐさま数ヶ月前のあの夜の出来事が蘇る。たちまちカアッと顔に熱が広がるのを感じた。もちろん覚えている。忘れるわけがない。

アオイが言った。

「俺はあの時の記憶を思い出して、確信したんだ。十和と目が合った瞬間、どうしようもないくらいに惹き付けられて、気づくと十和を引き留めていた。自分ではコントロールできない何か大きな力に突き動かされるかのように、十和がほしくてほしくてたまらなくなった」

「……っ」

熱を孕んだ瞳に見つめられて息をのむ。ぞくっと背中を甘やかな痺れが駆け抜けた。続けて、当時を思い出すかのように下腹に微かな疼きが生じる。

「あの日、俺は友人の結婚パーティーに出席した帰りだったんだ。人前に出る時は念のため抑制剤を服用するようにしていて、その日もきちんと薬を飲んでいた。会場にはオメガの出席者もいたんだが、だからといって特に何かを感じることはなかった。それなのに、十和に出会った瞬間、全身に強烈な痺れが走って急激な欲望を我慢できなくなった。十和もそうだったんじゃないのか？」

確信を持っているように問われて、十和は思わずごくりと喉を鳴らした。

「お……俺も、抑制剤は忘れずにきちんと飲んでいたし、なんで自分の体がまるでヒートを起こしたみたいに突然おかしくなったのかわけがわからなくて――」

理性をのみ込むほどの欲望に駆られて、唇を奪い合うように夢中で互いを求めた。

あの時は途中で我に返ったけれど、もし邪魔が入らなかったら一体どうなっていたのだろうかと、アオイと一緒に暮らしながら何度か考えたことがあった。

アオイが唐突に言った。

「十和は運命の番を信じるか」

その言葉に十和ははっとする。

「で……でも、運命なんてそれこそ奇跡みたいな確率だっていうし、映画やドラマの中でなら見たことがあるけど、実際には存在しないんじゃ……」

「そうか？」と、アオイが遮った。「俺は、十和こそが俺の運命の相手だと信じているんだが」

冗談ではない本気の口調で告げられて、十和は大きく目を見開いた。心臓が異様な速さで脈打ちだす。

「……だ、だけど俺、以前にもアオイさんに会ったことがあるよね？」

「え？」

「あれから兄ちゃんと連絡が取れて、アオイさんの話を聞いたんだ。俺、その時は暗かったし、印象が全然違っていてまったく結び付かなかったんだけど、俺の部屋に飾ってある絵——あれを描いてくれたの、アオイさんだって本当？」

途端にアオイが面食らった顔をした。明らかに動揺しているのがわかる。九十九の話は本当だったのだ。

以前住んでいたアパートの近くの河川敷。当時まだデビュー前だった十和はそこでよく発声練習をしたり、アイドルグループの育成を目論んでいた社長から渡されたダンス動画を完璧にマスターするために毎日一人でダンスの練習に励んでいた。

ある日、一曲踊りきった十和に拍手を送ってくれる人がいた。とても背が高い男の人だった。夜の河原で暗かったし、目を覆うほど伸びたぼさぼさの髪に無精ひげを生やしたその男性の独特な風貌もあって、どんな顔をしていたのかは正直記憶がない。だが、男性は十和のダンスを「すごく上手になった」と褒めてくれたのだった。聞くと、これまでにも何度かダンスの練習をしている十和を見かけたという。

——君が毎日頑張っている姿を見て、俺も元気をもらった。仕事がうまくいかなくて自信をなくしかけていたんだが、君を見ていたら描きたいものが見つかった。ありがとう。これはその礼だと思って受け取ってくれないか。

そう言って差し出されたのが、例のクロッキー帳の一ページだった。「頑張ってくれ、応援している」と、頭をぽんぽんと撫でられた。自分のことは何一つ語らず去っていったその男性が描いてくれた十和の絵は、その日から十和の大事な宝物になった。

「あの時に俺たちは出会っていたってことだよね。でも、その時は何もなかった」

運命の番だというのなら、初対面で互いに何かしら特別なものを感じ取ったはずだ。

アオイが言いにくそうに口を開いた。

「その……十和は、あの時にはもうヒートを経験していたのか？」

問われて、「あ」と気がついた。

「そうだ。血液検査でオメガ判定は出ていたけど、あの時はまだヒートがきていなくて……初めてヒートになったは、そのすぐ後だったかも」

すでに十九歳になっていたので、オメガの多くが十代半ば頃にヒートを経験するといわれている中で、十和は遅い方だった。

「だったら、当時接触しても何も起こらなかったのはそれが理由だと思う。九十九の弟だと知ったのはその後のことだ。大学からの付き合いで弟がいるのは知っていたが、まさかそれが十和だとは思わなかった。九十九も何も言わなかったし、オメガだというのも知らなかった。大学を卒業してからしばらく連絡を取っていなかったが、俺が送ったファンレターを九十九が十和の部屋でたまたま見つけて、それをネタに俺を呼び出したあいつに散々揶揄われたんだ。絵を渡したこともその時にばれて、あいつは大笑いしていた。でも、十和があの絵を大事に飾ってくれていると聞いて、本当に嬉しかったんだ」

アオイが一瞬遠い目をして幸せそうに口もとをほころばせる。

ふと九十九の声が脳裏に蘇った。

――だから、あいつがお前の大ファンで、デビューする前からずっとお前のこと追っかけてるって話。まあ、お前もアパートに住んでた頃からあいつの描いた絵をお守りだって大事に飾ってたもんな。その話をしたらイッセイのやつ、顔を真っ赤にして喜んでたぞ。後にも先にもクールで通しているあいつのあんな顔を見たのはあれ一回で……。

十和は胸を高鳴らせながら、ああやっぱりと思った。図らずもアオイの方からファンレターの話題が出て、手紙の差出人とアオイが完全に一致する。

「アオイさんの本名、乃木一清っていうんだね。俺、ファンレターの名前を見て、勝手にカズキヨだと思い込んでいた。兄ちゃんに聞いて初めてイッセイって読むんだって知ったよ」

アオイがバツが悪そうにこめかみを掻く。全部ばれているなら仕方ない。そう観念したように口を開いた。

「面白がる九十九のせいで、その後何度か十和に会えるチャンスがあったが、会わないように必死に回避していた。実物に会わなくてもいい、ファンとして遠くから応援するだけでよかったんだ。俺の気持ちは手紙にしたためて送る。ファンからもらった手紙が何よりの励みになるのは、俺もよく知っている。俺は辛い時には読者の言葉に支えてもらったから、俺の言葉が少しでも十和の支えになればいいと思ったんだ。九十九から十和の話を聞き出しつつ、何か落ち込んでいるようだと知ると手紙を書いた」

十和は思い出していた。仕事がなかなかもらえず、先がまったく見えない中、悩んでいる時にはなぜかファンレターが届いた。この世の中にたった一人でも十和のことを知り、応援してくれている人がいる。そう思うだけで明日も頑張ろうと前を向くことができた。

自分がずっとアオイに支えられていたことを知る。

胸がいっぱいになる十和を見つめて、アオイは話を続けた。

「九十九がバックパッカーになって出国する前のことだ。十和があのマンションに移り住んだと聞いて、何かあったら力になってやってくれと言われたんだ。だが、さすがに家に押しかけるわけにもいかないし、そうこうしているうちに俺の方が仕事でスランプに陥ってしまい、力になるどころかこっちが十和に依存する日々だった。ネットで十和の活動を追いかけて、少しずつ露出が増えて頑張っている姿を勝手に嬉しく思いつつ陰ながら応援していた。本当に、毎日十和のことばかり考えていた。そんな時、十和の初スキャンダルが報じられたんだ。俺は居ても立ってもいられなくなって、気づくとあのマンションを訪れていた」

その日、学生時代の同級生の結婚パーティーに出席した後、飲酒をしたアオイは一緒に出席した友人の車に乗って帰宅した。途中コンビニに寄り、そこで例の週刊誌のゴシップ記事を見てしまったのだ。それから先は記憶が曖昧で、一旦家まで送ってもらったはずだが、友人に頼み込み、今度は十和が住むマンションに向かったという。当時の所持品に貴重品の類いがなかったのは、どうやら一度帰宅した際に置いてきたからというのが真相のようだ。数ヶ月ぶりに自宅に戻ると、玄関にそれらが散らばっていたのだとアオイは話した。

「だけど、マンションの前にはカメラマンが待機していて、あそこで俺が十和を訪ねるのは危険だと思った。十和にも警戒されるだろうし、そもそも家にいるのかもわからない。とりあえず路地裏に身をひそめてどうしようかと考えていたら、そこになんの偶然か十和がやって来て――。いや……こうやって改めて自分の行動を言葉にすると、俺のやったことはストーカーと変わらないな」

我に返ったアオイが今更ながら頭を抱えて言った。急に自虐的になるアオイに、黙って聞いていた十和は思わず噴き出してしまった。

「でも、アオイさんが俺のことをずっと応援してくれていたのは伝わったよ。俺もアオイさんにもらったファンレターは何度も読み返したし、すごく勇気付けてもらったから。いつかもっと有名になって恩返しがしたいと思っていた。その時は、ちゃんと会ってお礼が言えたらいいなと考えていたから、本人に会えて嬉しい。アオイさん、ずっと俺のことを支えていてくれてありがとう」

　会いたかった人を前に、伝えたかった言葉を口にして、胸にじんと熱いものが込み上げる。

「お礼を言うのはこっちだ。俺こそずっと十和に支えてもらっていたようなものだ。十和がいなければ、俺はとっくに漫画を描くのをやめていたかもしれない。ありがとう」

　アオイがふっとやわらかく微笑んだ。途端に胸がぎゅっと締め付けられる。十和は頰に朱が注ぐのを覚えながら言った。

「さ……さっき、アオイさんは俺のファンだから、実物に会わないようにしていたって言ったよね。でも一緒に暮らすことになって、本当の俺を知ってがっかりしたんじゃないの」

「そんなわけがない。むしろ逆だ」と、アオイが即答した。「俺は、最初は十和の頑張っている姿を応援するだけでよかった。それで自分も十分に満たされていたんだ。だけど――」

　僅かに遠い目をして続ける。

「記憶を失い、アオイとして十和と一緒に過ごすようになって、こんなに人のいい十和のことをもっとたくさん知りたいと思うようになった。傍にいながら、どんどん十和に惹かれていく自分に気づいた。いつしかずっと十和の傍にいたいと願うようになっていた。そうして一清に戻った時、頭の中は十和でいっぱいだった。一度近づいてしまったせいで、もう見ているだけでは足りないくらい、十和のことが好きで好きでたまらなくなっていた。けじめをつけるために一旦自分から離れたのに、すぐにまた十和に会いたくなって、今日がどれほど待ち遠しかったことか……」

アオイの手がそっと十和の頬に触れた。体温が低めのさらりとした感触に、ぞくっと背筋が甘く戦慄く。

「たとえ記憶を失っても、俺が俺である限り、好きになるのは十和一人だ。きっと俺の魂が十和を求めるんだ。離れてはいけない運命の相手なのだと、俺はそう信じている」

心臓が激しく高鳴り、十和はともすれば泣きそうになった。怒涛の如く胸に押し寄せてくる狂おしいほどの想いがある。喘ぐように口を開いた瞬間、抑えていたものが一気に溢れ出た。

「俺も、アオイさんがいなくなってからずっと胸が苦しくてたまらなかった。考えたら何もできなくなりそうで、あえて考えないようにしていたんだ。でも、本当はすごくアオイさんに会いたかった。自分の本当の気持ちに蓋をして閉じ込めておくことが、あんなにも辛いとは思わなかった。きっと俺の魂もアオイさんを求めて泣いていたんだと思う」

そして再会した今、自分の全身が歓喜に震えているのがわかる。

最初は運命という言葉を告げられて、そんなまさかと思ったが、今は信じられないほどその言葉がしっくりとくる。自分たちの関係を表す言葉はこれ以上のものがないとさえ思えた。

一瞬驚いたような顔をしたアオイが、ひどく嬉しげに笑みを浮かべて言った。

「十和、好きだ。俺は十和のことを誰よりも大切に思っている。もう手放したくない」

甘くよじれた胸が幸福に詰まる。自然と言葉が出た。

「お……俺も、アオイさんのことが好きだよ。アオイさんと番になりたい」

目を合わせたアオイが泣き笑いのような表情を見せる。感極まった声で「こんなに幸せなことはないな」と、囁いた。

胸が喜びに膨らむと同時に、ずくんと下腹に覚えのある熱を感じる。

「十和」と、耳が蕩けてしまうような甘い声で呼ばれた。

薄暗い車内で、アオイが大きな体をねじりゆっくりと覆い被さってくる。

ふわりと甘くていいにおいが鼻腔をくすぐる。

ああ、このにおい――。

アオイの纏うにおいにくらくらしながら、十和も引き寄せられるようにして自ら顔を寄せた。

深く唇を合わせながら、このまますぐにもヒートが始まる予感がしていた。

アオイの運転する車が彼の自宅に到着した頃、十和はもう完全にヒートに入っていた。予定外というか、予想通りというべきか、抑制剤はアオイの前では効果がなく、十和はアオイに抱えられるようにして家の中に入った。

「大丈夫か？」

「……ん、ぁ……っ」

はあはあと息が上がる。思考がまともに働かず、頷くのがやっとだった。

「階段を上れるか」

十和は小刻みに震える体でアオイにしがみ付きながらこくこくと頷く。

初めて足を踏み入れた乃木邸をゆっくり眺める余裕もなく、アオイに連れられて入ったのは寝室だった。

ドアを閉めるなり、もつれるようにして大きなベッドに転がり込んだ。

アオイがしゅるりと衣擦れの音を立てて素早くネクタイを引き抜き、十和に覆い被さってきた。

頬にキスを落とすアオイから脳髄まで痺れるような甘いにおいがする。運転中もずっと感じていたが、どんどんにおいが強くなっている気がした。これがアオイのフェロモンなのか。十和はうっとりとして言った。

「あっ……アオイさん……すごく、いいにおいがする……っ」

鼻腔いっぱいにアオイのにおいを吸い込んだ途端、下腹に溜まった熱が一瞬にして膨張した。汗腺が開き、情欲が一気に溢れ出す。すでに限界を訴えていた性器が一層硬く張り詰め、後ろがじわっと濡れるのがわかった。

「いいにおいがするのは十和の方だろ」

アオイが耳もとで熱く囁く。

「車内にいる時からむしゃぶりつきたくなるような強烈なにおいを放っていたくせに。何度車を停めてその辺のホテルに連れ込もうと思ったか。必死にここまで耐えた自分を褒めてやりたいくらいだ」

そう言うなり、乱暴に十和の唇を塞いできた。すぐに歯列を割って舌が差し込まれる。

「ふっ……んんっ」

荒々しいくちづけに溺れそうになる。喘ぐようにして鼻で息を吸うと、なんとも言えないねっとりとした濃密なにおいが体内に流れ込んできた。

互いのフェロモンが混ざり合った暴力的なほど甘い蜜のにおい。どくんと心臓が大きく跳ねた瞬間、「ああ――っ!」十和は悲鳴を上げて達していた。

着衣のまま放った精がどろりと尻の狭間に流れ落ちてゆくのを感じて、十和は茫然となる。アオイが驚いたように言った。

「感じやすくなっているとはいえ、キスだけでイッたのか」

「ご……ごめん、なさい……っ」

粗相を恥じて十和は両腕で顔を覆う。ところがアオイがその手をそっと持ち上げて顔から外させた。アオイの嬉しそうに微笑む顔が視界いっぱいに広がる。

「どうして謝るんだ。感じやすい十和がかわいいと言っているんだ。そのままでは窮屈だろ、全部脱いでしまえばいい」

言いながら、アオイの手はすでに十和の衣服を剥ぎ始めていた。手際よく十和を裸にしていき、自らもスーツを脱ぎ捨てる。

べっとりと濡れそぼった性器を軽く握られて、腰がびくっと跳ねた。

「ん、っあ」

達したばかりのそこは、たちまち芯を持ち、我ながら驚く早さでまた勃ち上がる。同時に、胸の奥でアオイへの想いが切ないほどに膨れ上がった。

「アオイさん、大好き……っ」

愛が口から溢れる。生理的な涙で滲んだ目にアオイが軽く目を瞠る様子が映った。すぐにくっと眉間に皺を寄せた彼は、何かに耐えるようにくぐもった声で言った。

「俺も大好きだ。ずっと、十和がほしくてほしくてたまらなかったんだ。あまり煽るようなことを言わないでくれ。今にも理性が吹っ飛びそうだ」

腹につくほど反り返った十和の屹立を逞しい腹筋で押し潰すようにして、アオイが再びキスをしかけてきた。

噛み付くように唇を塞がれ、荒々しく口腔を貪られる。

「……ふっ、んん、んぅ……っ」

十和も自ら舌を差し出し、夢中で絡め合う。腰の間でアオイの恐ろしく猛ったものが十和の屹立を激しく擦り上げた。目も眩むような快感が押し寄せてくる。

「あっ、ぁ、ぁ……っ」

切ない声を上げながら、十和も腰を揺らした。

互いの性器が激しく擦れ合い、先端から溢れ出した二人分の体液がくちゅくちゅと卑猥な水音を奏でる。

先ほどちらっと目に入ったアオイの怒張が脳裏をよぎった。

途端に後孔から体液が溢れてくる感覚があった。以前にもアオイに抱かれたことを体が覚えているのだ。

もっとアオイがほしいと体の奥が激しく疼く。

あの凶器のように猛ったもので、今すぐ奥深くまで貫いてほしい――。

みっちりと隙間なく埋め込まれる充足感を想像して、十和はぶるりと胴震いした。興奮が抑えきれず、前からも後ろからもどろりと蜜が溢れ出す。

ふいに長いくちづけから唇を解放して、アオイが情欲にまみれた声で言った。

「入れてもいいか？」

十和はこくんと頷いた。

「……入れて……アオイさんが、ほしい……っ」

早くアオイとつながりたい。深いところまで混ざり合って、一つになりたい。

アオイがごくりと喉を鳴らす。その瞬間、彼の放つフェロモンがぶわりと一層濃密なものに変化した。

浅く速い呼吸を繰り返しながら、切れ長の目に獰猛な光が宿る。

切羽詰まった仕草でアオイが十和の腰を抱え上げた。膝が胸につくほど折り曲げられて後孔に灼熱の切っ先があてがわれる。

あまりの熱さに火傷するのではないかと恐怖する。

しかし、すっかり蕩けた後孔は、とろとろと蜜を垂らしながらものほしげにひくついているのが自分でもわかった。

アオイがぐうっと腰を進めてくる。粘膜の襞を掻き分けながら太く逞しい劣情が埋め込まれてゆく。

「は……あぁっ」

多少の苦しさはあったが、圧倒的な快楽によってすぐにそれも打ち消された。まるで十和のそこはアオイを受け入れるために作られていたかのように、歓喜した肉襞がうねって絡み付き、アオイを奥深くまで難なく迎え入れる。

アオイが短く唸るように息を吐き出すのがわかった。

次の瞬間、パンッと肉同士がぶつかる音が鳴るとともに一気に最奥まで貫かれた。そのまま激しく前後に揺さぶられる。

「あ、あ、あぅっ、すご……いっ」

グチャグチャに奥を掻き回されて、あられもない声が止まらなくなる。

アオイももはやセーブがきかないのか一心不乱に腰を振り続ける。

帰る場所があるのだから、互いに別々の道を歩んでいくべきだ。そうアオイとの別れを決心してからは、もう二度と彼とこんな関係になることはないと思っていた。

快楽の波にのまれていく頭の隅に、ふとアオイの声が蘇った。

——十和は運命の番を信じるか。

信じたいと思う。いや、今はもう確信を持っている。アオイこそが自分の運命の番なのだと。

「あ、ンっ、ぁ、ぁ、あおいさ……んっ」

「違う」と、アオイが動きを止めずに遮った。

「一清だ。そう呼んでくれ」

情欲にまみれた低い甘めの声で乞われて、十和は喘ぎながら言い直した。

「い……一清さん、俺……一清さんと、早く番になりたい」

一清がふいに動きを止めた。十和は悶えるようにして体をよじり、襟足を掻き上げる。誰にも触らせたことのないうなじを一清に向けた。

「ここ、噛んで……お願い」

一清が息をのむ気配がした。直後、まだ硬く張り詰めたままの性器を一旦引き抜く。

「あっ」と濡れた声を零した十和の腰を、今度は背後から抱え上げた。そうかと思うと、再び屹立をねじ込み、最奥まで一息に貫いてくる。十和は背を反らして甲高く喘いだ。

一清が律動を再開させて言った。

「十和。俺は一生、十和のことを手放さないと約束する」

「うん……絶対に手放さないでね……っ」

「ああ、やっと手に入れられる。十和、愛してる――」

激しい突き上げの末、伸しかかってきた一清が一気にうなじに歯を突き立ててきた。

鋭い痛みが体を駆け抜ける。

だが、同時にこれ以上ない多幸感が十和の全身を包み込んだ。

ああ、これで本当に一清さんと番になれたんだ――。

おびただしい量の精液を撒き散らして、絶頂の淵に押しやられる。低く呻いた一清もすぐに十和の中に濃い精を放った。熱い迸りで満たされてゆく。

アルファ特有の気の遠くなるような長い射精を受け止めつつ、十和は幸福を感じながらいつしか意識を手放していた。

# 12

十二月二十四日。

泣く子も黙るクリスマスイブである。

今年は全国的に穏やかな天気となり、ホワイトクリスマスとはいかなかったものの、外に出ればどこもかしこも浮ついた雰囲気が漂っていた。大音量のクリスマスソングに街を彩るイルミネーション。赤と白の服を着たサンタクロースがあちこちに出没し、巨大なツリーの前では写真撮影をする人が後を絶たない。

街がクリスマスカラー一色に染まる中、十和は朝からクリスマスケーキではなく、バレンタインチョコを作っていた。

テレビ局の撮影スタジオである。

まだ年も明けていないのに、ここではすでに翌年二月放送分の収録が粛々と進められていた。季節感を無視した撮影は、この業界ではあるあるである。

『カンタン時短クッキング』の冬休みヴァージョンは、ちょうど今週から放送が始まったばかりだ。ちなみに十和の出演回は明日からで、まだ放送されていない。にもかかわらず、秋の出演回が大きな反響を呼んだことと春山の強い希望もあって、年明け放送回から準レギュラーとして週に二回のアシスタント出演が決まったのである。

「はい、以上で撮影は終了となります。お疲れさまでした」

バレンタイン回の収録が無事に終わり、十和はほっと肩の荷が下りた気分だった。

「鈴原くん、お疲れさま」と、春山がにこやかに声をかけてきた。「年内に会うのはこれで最後よね。メリークリスマスとよいお年を」

「お疲れさまです。本当にお世話になりました。来年もよろしくお願いいたします」

「こちらこそ。そうだ、キツネ先生は元気？　今日はイブだけど会わないの？」

春山がこっそりと耳打ちしてきた。十和は苦笑する。

「この後会う予定です」

「えー、そうなんだ。いいわねえ、楽しいイブになりそう」

どういうわけか、春山には一清とのことがばれてしまっていた。春山だけではない。川瀬や森若もなぜか訳知り顔で、口々に「お幸せに」と祝福して十和を驚かせた。

その中でも意外だったのが香坂だ。

てっきり一清のファンなのだと思っていたが、先日偶然事務所で顔を合わせた際に、衝撃的な事実を知らされたのである。

――私はトワさんに憧れてこの事務所のオーディションを受けたんです。舞台で初めてトワさんの演技を見て痺れました！　大好きです！

頬を紅潮させキラキラした目でそう告げられて、十和はぽかんとしてしまったのだった。

香坂は一清のことはマネージャーとしてとても頼りにしており、辞めてしまって残念だと言っていた。偶然にも家族に記憶喪失者を持つ友人がいたため、何か力になれないだろうかと思ったのだという。一清の記憶が戻ったことを心から喜んでいた。

——あ、でも。今もトワさんとアオイさんは別の形で続いているんですよね。川瀬さんからお二人は番になったって聞きました。おめでとうございます！　私、お二人は絶対にお似合いだと思っていたんです。一生応援しますから！

とても熱のこもった祝福をもらい、十和の中で少しばかり残っていたもやもやが一気に吹き飛んだ瞬間だった。思い込みとは恐ろしいものだと反省する。ちなみに香坂のＣＭデビューは新春の予定だ。

夕刻、十和はテレビ局を出ると、足早に駅方面へ向かった。

浮かれた街の雰囲気を感じつつ、自然と歩く速度が上がる。デイパックに入っているプレゼントのことを考えながら、先を急ぐ。

電車を降りて住宅街を歩くうちに日は沈み、約束していた時間の十五分前に乃木邸に到着した。

インターホンを鳴らすと、すぐに返答があった。

ほどなく中から玄関ドアが開く。ブラックスーツではなくラフな格好にエプロンを着けた男が満面の笑みで迎えてくれた。

「十和、早かったな。おかえり」

「ただいま、一清さん」

思わず顔がほころびる。「うっ」一清がいきなり覆い被さってきた。抱きしめてくる一清を受け止めながら、十和はびっくりして言った。

「え、何、どうしたの急に」

「相変わらず死ぬほどかわいいなと思ったら、体が勝手に動いていた」

ぎゅっと十和を目いっぱい抱きしめて一清が言う。

「会いたかった」

「一昨日会ったばかりだよ」

「昨日会えなかっただろ。一日会わないともう十和不足だ。辛いと俺の魂が泣いていた」

「もう、大袈裟だなあ」

十和は抱き付いたままなかなか離れようとしない体の大きな恋人の子どもじみた不満に苦笑した。見た目のクールな印象とは百八十度違う溺愛ぶりに、最初は戸惑ったものの、だんだん慣れてきた。今ではこの過剰な愛情表現が心地よくすらある。

十和はすんと鼻をひくつかせた。

「あ、なんかいいにおいがする」

家の中からスパイスやハーブの混ざった食欲をそそるにおいが漂ってくる。一清からも同じにおいがしていた。

「ああ、アクアパッツァを作っていたんだ」

「え、すごい。一清さん、そんなものまで作れるの」

「割と簡単だぞ。時短クッキングでも作ってみたらどうだ」

ようやく一清が離れて、十和は家の中に入れた。玄関に二人以外の靴はない。昨日はアシスタントが来ていたようだが、今日の一清は仕事を早めに切り上げて、別の作業で忙しくしていたようだ。

「そういえば、春山さんからキツネ先生は元気ですかって。なんで俺たちのことがばれたのかな。訊いても教えてくれないし、川瀬さんは香坂さんにまで喋ってるし、たぶんうちの事務所内にはもう筒抜けだと思う」

「……まあ、いいんじゃないか」

「なんでか森若さんまで知っているし。さっきも電話がかかってきてクリスマスパーティーのお誘いを受けたんだけど……」

「何」と、途端に一清が険しい表情をする。

「もちろん断ったよ。でもあれはこっちに予定があるのがわかっていて誘ったのがバレバレだから。先約があるって言ったら、どうせブラックキツネの野郎だろうって笑ってた。

なんかクリスマス前に恋人と別れたらしくて、ここに着くまで延々と愚痴を聞かされたよ」

一清が意地悪くふっと鼻を鳴らした。「いい気味だ、チャラアルファめ」

一清と番契約を交わしたことによって、十和は肉体的にも精神的にも楽になったように思う。

ヒートが訪れるのは変わらないが、その時に発するフェロモンは誰彼構わず誘惑することがなくなり、一清ただ一人にしか効かない。発情するのは番相手だけで、他のアルファに対して警戒する必要がなくなったことは、とても大きな変化だった。

一清と一緒に広々としたリビングに入る。

モノトーン調の家具で纏められた室内は綺麗に片付いていた。一昨日お邪魔した時はもう少し雑然としていたので掃除をしたのだろう。アオイがそうだったように優秀な家事能力はどうやら以前からのもののようで、ずぼらな十和と違って一清は家事を苦と思わない性格なのだと知った。忙しい時は手が回らないこともあるが、時間があればきちんとこまめに片付けるタイプだ。料理の腕は言わずもがなで、ダイニングテーブルの上にはすでにカトラリーがセッティングされ、豪華な料理が並べてあった。十和がリクエストしたローストビーフがテーブルの中央に鎮座している。

「うわ、すごいご馳走」

「本当にこんなんでよかったのか？　せっかくのイブなんだし、どこかに出かけてディナーを食べてもよかったのに」

一清の言葉に、十和はううんと首を横に振った。

「これがよかったんだよ。一清さんの手料理が俺にとってはどんな高級ディナーよりも一番のご馳走だから」

「十和……」

一清が感極まったように十和の唇を塞いできた。啄ばむような軽めのキスがより深いものに変わる寸前で、十和は一清の胸板をぐいっと押しやった。

「こ……これ以上は、せっかくの料理が冷めちゃうからダメ」

キスを中断されて、一清が不満げに唇を尖らせる。こんな子どもじみた仕草を彼は十和以外の前では絶対に見せないことを知っている。自分だけに見せる表情が増えるたびに、十和はくすぐったい優越感に駆られる。そんな独占欲も十分に子どもっぽく、けれどもそれがこれ以上ないくらい幸せなのだ。

一緒にテーブルにつき、「メリークリスマス」と、シャンパングラスを触れ合わせた。チンと涼やかな音が鳴り響く。シャンパンを一口飲み、一清が「遅くなったが」と前置きをして言った。

「バタバタしてまだきちんとお祝いができていなかったが、映画のオーディション合格、おめでとう」

「ありがとう。一清さんも連載再開おめでとう。初回、面白すぎて興奮した。いいところで次号に続くだったから、この先どうなっていくのかすごく気になる」

一清が「楽しみにしていてくれ」と嬉しそうに笑った。

十和は来年、二本の映画出演が決まっている。一本は初めてオーディションで勝ち取った主役での出演だ。他にも料理番組にドラマにと、アルバイト生活からそろそろ卒業できそうなほどスケジュールはどんどん埋まってきている。

一方の一清も、漫画誌の連載をメインに、今まで休んでいたぶん仕事に追われそうだ。先日発売されたシップスの反響が編集部の予想をはるかに超えて嬉しい悲鳴だったようで、今後は様々な企画を打ち立てていく予定らしい。

年が明けたら二人とも一気に忙しくなりそうだ。

仕事に時間を取られて、なかなか一清とも会えなくなるかもしれない。忙しくなるのは嬉しいことだが、一清と過ごす時間が減るのは嫌だなと少し不安になる。

「あ、そうだ」

豪華な食事を十二分に堪能した後、十和はデイパックから一冊の本を取り出した。

十和が主演に決まった映画、『透明社会』の原作本である。

「これ、一清さんに返さなきゃと思って持ってきたんだ。俺、兄ちゃんに友達からもらった本だって聞いていたから、兄ちゃんもう読まないって言うし、そのままもらったつもりでいたんだけど――実は、一清さんに借りたものだったって最近知って。ごめんね、借りパクしちゃうところだった」

謝って本を差し出すと、一清が笑って首を横に振った。

「ああ、そんなこともあったな。お気に入りの本を読め読めってあいつに押し付けたのは俺だし、まあ、戻ってくるとも思ってなかったしな。その本が十和に渡っていたのはびっくりした。そうか。十和の部屋の本棚にあった本は、俺のものだったのか」

今更ながら思い当たったように、一清が感慨深げに言った。

「うん、そうだったみたい。そうと知らずに何年も本棚に並べていました。ありがとうございました」

ところが一清は差し出した本をやんわりと押し返してきた。

「これは十和にとって大事な本なんだろ。だったら十和が持っていてくれ。その方が俺も嬉しい」

「いいの？」

「もちろん」と一清が頷く。「まあ、結局同じことになるだろうし」

「？　それじゃあ、ありがたくいただきます。よかった。思い入れのある本だったから本当は手放すのが寂しくて」

十和は思わず笑んだ。それを対面から一清がひどく優しい眼差しでいとおしそうに見つめてくる。かわいくてかわいくて仕方がない。そんな声が黙っているのに聞こえてきそうで、十和は頬に朱を注ぎながら急いで本をバッグにしまった。

「あ、そうだ。兄ちゃんといえば、もうじき帰ってくるって連絡があったんだよ。一月か二月に帰国するって。一清さんにも連絡があった？」

「……ああ、聞いた」

一清が頷く。「九十九は戻ってきたらあのマンションに住むんだろ」

「うん。もともと兄ちゃんの家だし。一清さんが使っていた部屋はこの前掃除を手伝ってもらったからすぐ使えるようにしてあるし、まあ、いつ帰ってきてもいいんだけど」

「十和」

一清がチノパンのポケットから小さな箱を取り出して、テーブルの上に置いた。

「クリスマスプレゼントだ。受け取ってくれ」

「え、俺に？」

十和は驚き、いそいそとリボンのかかった箱を手に取った。

「開けていい？」

一清がどうぞと頷く。十和はドキドキしながら箱を開けた。

「──鍵？」

中には鍵が一本入っていた。銀色のディンプルキー。なんの鍵だろうか。十和は不思議に思いながらそっとそれを取り出し、手のひらに載せてまじまじと眺める。

「この家の鍵だ」と、一清が言った。

一瞬、それが何を意味するのかわからず、十和は一清を見つめる。

一清がいつになく真剣な面持ちで告げてきた。

「十和、この家で一緒に暮らさないか」

夢にも思わなかったプレゼントに、十和は俄に言葉を失う。

黙り込んでしまった十和の反応を不審に思ったのか、一清が不安げに口を開いた。

「九十九が帰国するならちょうどいいタイミングだと思ったんだ。来年から十和も映画の撮影が始まるし、ますます忙しくなるだろ。俺もなかなか家から出られなくなるかもしれない。それなら、ここで一緒に暮らして、できるだけ擦れ違いをなくしたい。何日も会えないのは正直辛いんだ。少しでも十和の顔を見れば安心するし、何かあれば助け合える。俺はそう考えたんだが――十和の気持ちを聞かせてくれないか」

ああ、そうか。十和は胸を高鳴らせた。一清も十和と同じように会えなくなることを不安に思っていたのだ。

自然と笑んでしまうのが自分でもわかった。十和は正直な気持ちを伝える。

「俺も、ちょうど同じことを考えていたんだ。仕事が増えて忙しくなるのは嬉しいけど、一清さんに会う時間が減るのは嫌だなって。一清さんがよければ、俺はこの家で一緒に暮らしたい」

たちまち一清がほっとしたように破顔した。

「大歓迎だ。一緒に暮らそう。九十九の予定を聞いて、こっちも準備を進めていこう。ブラコン兄貴にはぶつぶつ文句を言われるだろうけどな」

不平を漏らす一清をくすくすと笑いながら、十和は再びデイパックを開けてリボンのかかった包みを取り出した。一清に差し出す。

「俺からも一清さんにクリスマスプレゼント」

一清が一瞬きょとんとした。包みを受け取り、「開けていいか」と律儀に訊いてくる。

十和はどうぞと頷いた。

十和が一清のために選んだプレゼントはネックマッサージャーだ。ハンズフリーで使用できるホールド型で、漫画制作作業で原稿用紙に向かいっぱなしの一清にぴったりだと思った。機能や使い心地等いろいろと下調べをして、選び抜いた一品である。

「マッサージ器具か。首が凝ってどうにかしたいと思っていたから助かる。大事に使わせてもらうよ。ありがとう」

一清が本当に嬉しそうに言った。「そうだ、ケーキがあるぞ」と、いそいそとキッチンに向かう。まだ充電していないのに、さっそく首にかけて鼻歌まで口ずさんでいる。

浮かれる一清は、自分より年上で見た目も極上の男なのに、時々どうしようもなくかわ

いく思えてしまう。

きっとそんな一面も十和しか知らないのだと考えて、ニヤニヤと頬が緩むのを抑えきれなかった。

ふいにガタッと物音がした。

なんだろうか。十和は椅子から腰を上げて音がした方へ歩み寄る。吹き抜けのリビング脇にある階段の下、まだ開けたことのないドアを見つける。

十和はドアレバーに手をかけた。ゆっくりとドアを開ける。

「十和、飲み物はコーヒーと紅茶……おいっ、そこはダメだ。開けるな――」

「え？」

振り返った時にはすでに遅く、キイと微かに軋む音を鳴らしてドアが大きく開いた。

部屋の中を見た瞬間、十和はぎょっとして固まった。

慌てて駆け付けた一清が、「ああ……っ」と両手で額を押さえ天を仰いだ。

客間として使えそうな広さの部屋が一面十和で埋め尽くされていたのである。

「……え、何この部屋」

唖然となった。一清が観念して答えた。

「俺の聖域だ」

「聖域？」

「そう、推しの部屋」

開き直った一清がどこか誇らしげに言った。

「このポスターやタペストリー、この前の舞台のやつだよね。そんなに目立つ役じゃなかったのに、グッズの売れ行きが異常によかったって、スタッフさんたちがびっくりしていたんだけど……」

もしかして、あのすべてがここに集結しているのではないのだろうか。そう勘繰ってしまうぐらい、壁をはみ出して天井にまで十和がいる。どこを見ても自分の顔と目が合うのは、一種の恐怖体験だった。

「本当に俺のファンだったんだね」

「当たり前だろ。あの舞台は全公演制覇した。毎日十和に会えてとても充実した幸せな一ヶ月だった。他のグッズもそっちにあるぞ」

一清が指をさした方向、四段のシェルフには十和がキャラクターに扮した缶バッジやアクリルスタンド、キーホルダーにブロマイド等々。数々のグッズが綺麗に並べて飾ってあった。

隣のブックシェルフには懐かしい雑誌も並んでいる。デビューしたての頃、大勢いる学生の一人としてドラマにエキストラ出演したことがあった。その時の集合写真が載っていて、かろうじて十和だとわかるそれを見て川瀬と喜んだ記憶がある。中には十和ですら覚えていないアイドル雑誌まであって、これはここに十和が載っているのだと一清が熱心に解説してくれた。

「ああ、そっか。このインタビューでポンスケのことを話したんだ」

だからアオイの頭にも十和がポンスケを好きだという記憶が残っていたのだろう。自分の名前すら覚えていなかったのに、人間とは不思議なものである。

「この『まるまる一冊生姜焼き！』って本は、なんの関係があるの？」

「覚えていないか？　河川敷で初めて出会った時に、おなかがすいたと話していたんだ。がっつり生姜がきいた甘辛ダレが大好物だと言うから、いろいろと研究を重ねて……」

もともと凝り性なのだろうと思ってはいたが、十和に関することに対してはちょっと引くほど異常だった。

部屋の壁紙やクッション等がブルー系で統一されているのは、十和が好きな色だからだ。そういえば一清の私物も青で溢れており、自分の名に『青』の字が入っていることを自慢げに語っていた。

ふっと笑いが込み上げてきた。部屋中十和で埋め尽くされた空間は壮観としか言いようがない。隠された秘密の部屋は一清の行きすぎた愛情で溢れていて、その甘ったるさにむせ返るようだった。ここに立っていると、一清の愛が津波のようにどっと押し寄せてくる錯覚に襲われる。ハート形をした水飛沫の一粒一粒にまで一清マークが見えるようだ。

たくさんの自分を眺めながら愛されているなあとつくづく思う。同時に心の底から感謝し、自分の一清への想いも再確認できた気分だった。でもそれとこれとは別だ。

「引っ越したら、この部屋は一旦解体しない？」

提案すると、一清が目をむいて反対した。

「それはダメだ。ここは俺の聖域だと言っただろう。これからも十和の活動記録を飾っていく」

きっぱりと言われて、十和は少々複雑な気持ちになる。わざわざポスターを見なくても本人が隣にいるのに。

「それに」と、一清がちらっとこちらを見て言った。

「いずれ俺たちの子どもが生まれたら、親の活躍を見せてやりたいだろ」

「……っ」

目をぱちくりとさせた十和は、みるみるうちに自分の顔が真っ赤に染まっていくのを感じた。そうか、いずれはそういう未来がくるのか。想像して耳までじわじわと火照る。

「だ……だったら、一清さんの作品も一緒に飾っとかないと。親なんだし」

一清が軽く目を瞠り、ふわりと微笑んだ。

「そうだな。そっちは十和に任せる」

唐突に会話が途切れる。一瞬にして空気が濃密に変化するのを肌で感じた。

一清の顔がゆっくりと近づいてくる。

ふわっと彼の甘いにおいが鼻腔をくすぐり、体の奥にぽっと熱がともった。

「十和、愛してる」

「……うん、俺も。一清さんを愛してる」

優しく唇を塞がれる。くちづけはすぐに深いものに変わって、互いを求める。

ふと脳裏に自分が小さな子どもと一緒に漫画雑誌を捲っている風景が浮かんだ。幸せなその光景は、きっとそう遠くない未来に違いない。

今宵はクリスマスだ。

そうであったらいいなとサンタクロースに願いつつ、十和は一清の溢れるほどの愛に身を委ね、溺れていった。

END

# あとがき

このたびは『記憶喪失アルファの最高な献身』をお手に取ってくださり、どうもありがとうございました。

オメガバース＋記憶喪失がテーマのこのお話、いかがだったでしょうか。

書き終わってから気がついたのですが、記憶喪失になるのはオメガの彼の方だったのではないか……？　記憶を失くした主人公をアルファの攻めが甲斐甲斐しく世話を焼くパターンの方がわかりやすかったのかも……と。最初に思いついたのが冒頭のシーンでして、主人公を助けたアルファが記憶を失くしてしまうところから始まっているので、逆パターンはまったく考えていませんでした。後になって、こっちのパターンもあったなあと。そうだったとしたらまた全然違う話になっていたかもしれません。

どちらにせよ、記憶を失くすのは怖いですね。お酒を飲んで翌朝目覚めたら一晩の記憶がぽっかり抜け落ちていただけでも恐ろしいのに、いきなりここはどこ？　私は誰？　の世界です。

今回は記憶を失くしたアオイのことを周囲にいる人たちは誰も知らないので、そんな中でいろいろ事情はあるにせよ、手を差し伸べ、傍にいてくれた十和はとても心強い存在だったと思います。記憶はなくても、体が覚えていることはあるはず。本人も何がなんだかよくわからないのだけれど、あることだけに敏感に反応し、条件反射で動いてしまうアオイは書いていて楽しかったです。

まさかな展開ですが、一度書いてみたかった設定でしたので、みなさまにも楽しんでいただけたら嬉しいです。


さて、今回もたくさんの方々にお世話になりました。

本の製作に携わってくださった各関係者の皆様に心より感謝申し上げます。

イラストをご担当いただきましたみずかねりょう先生。以前ご一緒させていただいた獣耳カップルも素敵でしたが、今回のミステリアスな色気あるアルファと健気で美人なオメガの組み合わせもとても繊細で麗しくドキドキしながら拝ませていただきました。お忙しい中どうもありがとうございました。

そして、お世話になっております担当様。たくさんのご迷惑、ご負担をおかけしてしまい、申し訳ない気持ちと感謝の気持ちでいっぱいです。今回のタイトルも私には思いつかなかったキーワードの中からぴったりなものを見つけて考えてくださいました。いつも本当にありがとうございます。これからもよろしくお願いします。

そして最後になりましたが、ここまでお付き合いくださった読者の皆様に最大の感謝を。活字離れが年々深刻化する中、拙著を手にとり、貴重な時間を割いて読んでいただけたこと、本当にありがたいです。私自身、読書はいい息抜きになっているのですが、皆様にとってこの本がそういうものであれば書き手としてこれほど嬉しいことはありません。こんな世の中ですから、ちょっとでもほっこりした気分になってもらえたら幸いです。

いつかまたどこかでお目にかかれることを願って。

榛名　悠

プリズム文庫をお買い上げいただきまして
ありがとうございました。
この本を読んでのご意見・ご感想を
お待ちしております!

【ファンレターのあて先】
〒153-0051 東京都目黒区上目黒1-18-6 NMビル
(株)オークラ出版 プリズム文庫編集部
『榛名 悠先生』『みずかねりょう先生』係

プリズム文庫

# 記憶喪失アルファの最高な献身


2023年12月29日 初版発行

著　者　榛名 悠
発行人　長嶋うつぎ
発　行　株式会社オークラ出版
〒153-0051 東京都目黒区上目黒1-18-6 NMビル
営　業　TEL:03-3792-2411 FAX:03-3793-7048
編　集　TEL:03-3793-6756 FAX:03-5722-7626
郵便振替　00170-7-581612(加入者名:オークランド)
印　刷　中央精版印刷株式会社




Printed in JAPAN　ISBN978-4-7755-3027-6